伊勢路《ルート》殺人事件

西村京太郎

集英社文庫

目次

伊勢路《ルート》殺人事件

第一章　犬の伊勢参り

1

警視庁捜査一課の十津川《とつがわ》警部は、結婚したものの、なかなか、子供ができないから、しばらくの間、二人住まいである。

そこに、同居人が、一人増えた。いや、正確にいえば、増えたのは一匹、生後一年六カ月の、ゴールデンレトリーバーである。

妻の直子《なおこ》が、よく買い物に行くスーパーの屋上には、犬や猫などのペットを売るコーナーがあって、一年前に、直子が買い物に行った時、そこで、生後六カ月のゴールデンレトリーバーのメスを見た。

「その時、たまたま、その犬と目が合っちゃったのよ。そうしたら、その目が、私に飼ってくれといっていたので、つい、欲しくなっちゃって」

と、直子は、いったが、それは、よくある犬や猫を飼う時の合言葉のようなものである。

とにかく、その結果、ゴールデンレトリーバーのメスが、十津川家の一員になった。現在一歳六カ月、まだ、二歳に満たないが、犬の世界では、すでに成犬である。体高も五十センチ近くなり、体重も三十キロ近くなっている。

ゴールデンレトリーバーは、もともと、狩猟犬だから、毎日の散歩は、欠かせない。十津川も、非番の時には、妻の直子と一緒に、近くの公園まで、愛犬を、散歩させることになってしまった。

そんなある日、散歩をしながら、直子が、こんなことをいった。

「ゴールデンレトリーバーを飼った時から、サークルに入ってくださいといわれていて、今、東京にある『東京ゴールデンレトリーバーの会』という会に入ったの。会長は、小《お》原《ばら》サービスの社長さんで、副会長は、社長夫人の、小原絵理香《えりか》さんが、やっている会なんだけど」

「小原サービスなら、名前を知っているよ」

と、十津川が、いった。

小原サービスというのは、今流行《はや》りのレンタルサービス業で、ここ数年、急激に業績を伸ばし、年々、大きくなった会社である。今や一部上場企業で、日本全域で不動産の売買なども、やっている。

「そういう会を、やっているのなら、小原さんも、ゴールデンレトリーバーを飼っているんだろうね？」

「もちろんよ。現在十一頭もいるそうよ。そのほか、小原さんは、盲導犬の飼育もしていて、すでに、三頭の盲導犬が、育ったといっていたわ」

「じゃあ、その世界でも、かなりの有名人なんだな」

「それで、今度、ちょっと面白い実験をするんですって」

歩きながら、直子が、いった。

「どんな実験なんだ？」

十津川も、興味を感じて、きいた。

「小原さんが生まれたのは、三重県の伊勢《いせ》市なんですって」

「伊勢といえば、伊勢神宮のあるところだろう？」

「ええ。子供の時から、小原さんは、伊勢の外宮《げくう》の近くの宮川《みやがわ》という川で、遊んでいたそうよ。今、本社が東京にあるので、東京に、住んでいるんだけど、毎年一回は、夫婦揃《そろ》って、お伊勢参りをするんですって」

「それで？」

「小原さんがいっていたんだけど、研究したところによると、江戸時代、約六十年ごとの、御蔭参《おかげまい》りのときには、一年間で、三百六十万人もの人が、お伊勢参りをしたという記録が、残っているそうなの。その頃は、人間だけじゃなくて、犬が、お伊勢参りをしたという記録もあるんですって」

「犬が伊勢参りをしたって、犬が勝手に行ったの？　それとも、人間と一緒に、行ったの？」

「それが、犬だけで、行ったらしいのよ。これは、記録にもちゃんと残っているそうなんだけど、特に有名なのは、徳島から、お伊勢参りをした、おさんという犬がいて、その犬には、『お伊勢参りをするので、道中よろしくお願いします』という札がつけられていた。おさんは、お伊勢参りを済ませてから、無事に徳島に、帰ったんですって。そのほか、山城国《やましろのくに》というから、今の京都府なんだけど、そこの犬が、お伊勢参りをして、お伊勢さんの近くの茶店では、感心な犬だといわれて、握り飯をもらったり、お参りした内宮《ないくう》や外宮の神主さんにも、立派な犬だといわれて、首に、お札をつけてもらって、無事に京都まで帰ったということが、記録された本もあるそうなの」

「そうか、分かったよ。小原さんも、自分の育てたゴールデンレトリーバーに、犬だけで、伊勢参りをさせようとしているのか」

「そうなの。伊勢で有名な赤福が、世間を騒がせたことがあったでしょう？　また復活したみたいだけど、伊勢育ちの社長さんにしてみると、そのせいで、お伊勢参りをする人が少なくなるんじゃないかと、心配しているの。そこで、何か、面白いイベントをやってみようと思って、犬が一匹で、お伊勢参りをできるかどうか、試してみようということになったらしいのね」

「しかし、小原さんの犬は、全部、東京で飼っているんだろう？　勝手に放したからといって、伊勢参りに行くかどうか、分からないじゃないか？」

「その心配があるので、小原さんの話によると、こういうことにしたらしいの。今、東京の自宅で育てている、十一頭のゴールデンレトリーバーの中で、いちばん頭が良くて、行動力のある犬を、車に乗せて、小原さん夫妻が、伊勢神宮まで連れていく。そして、小原さんの奥さんが、伊勢で降りた後、今度は、その犬を連れて、車で東京に戻ってしまう。その後で、犬を、放すんですって。何でもその犬は、ご主人の、小原さんよりも、奥さんの絵理香さんに、なついているから、車で往復した伊勢まで、奥さんを探しに行くんじゃないだろうかと、そんなふうに、小原さんは、いっていたわ」

「おい、ちょっと待ってくれよ」

と、十津川が、いった。

「以前、何かの本で読んだんだが、伊勢神宮の神域には、動物は、一切、入れないんじゃないのか？」

2

「そうなのよ。そのことについても、小原さんは、いっていたわ。今、伊勢神宮の神域には、動物は、入ってはいけないということになっているの。盲導犬などは、許可されるんだけど、ほかの犬や猫は、内宮、外宮の両方にある衛士見張所《えしみはりしょ》で止められちゃうんですって。それに対して、小原さん夫妻は、反対なの」

「どうして？」

「今もいったように、江戸時代には、犬だけでお伊勢参りをして、神主さんが、偉い犬だと誉《ほ》めたという話が、残っているじゃないの。だから今だって、犬が一匹で、参拝したっていいじゃないか。今度のこの行動は、伊勢神宮の神域も、昔のように、犬が参拝できるようにしたい。そういう願いがあるんですって」

「なるほどね」

「これは、小原さんの受け売りなんだけど、今もいったように、昔は、犬が一匹で参詣などをした後で、お伊勢参りは、犬でさえする。それならば、人間として、生まれたからには、一生に一度は、お伊勢参りをするべきだ。そういって、お伊勢参りをする人を、増やしたんですって。今度、赤福餅の件で、もし、お伊勢参りをする人が減ったんだったら、同じ理由を作って、お伊勢参りの人を増やせるんじゃないか？　そういうことも、小原さんは考えているんですって」

「それで、お犬様の伊勢参りは、いつ、スタートするんだ？」

「小原さんの奥さんは、もう伊勢のほうに、行っているそうよ。小原社長とお伊勢参りをする犬は、東京に帰ってきているから、何でも、三月十日に、東京を出発させるそうよ」

「伊勢参りをする犬だけど、何という名前なんだ？」

「それがおかしいのよ。お茶々《ちゃちゃ》っていうんですって」

「お茶々？　お茶々といったら、秀吉《ひでよし》の側室の淀君《よどぎみ》のことじゃないのか？」

「ええ、そうなの。今もいったように、十一頭飼っているゴールデンレトリーバーの中で、奥さんの絵理香さんに、いちばんなついているのが、その雌犬で、それで奥さんが、お茶々という名前をつけたらしいのよ」

「ひょっとして、小原社長の奥さんというのは、後妻なんじゃないのか？」

十津川が、真面目な顔できくと、直子は、笑って、

「ええ、後妻で、何でも、小原さんとは、二回り近い歳《とし》の差が、あるみたいよ。若くて、ビックリするような美人さん」

その日、散歩から帰ってくると、十津川は、自分の家に来た、一歳半のゴールデンレ

トリーバーに、つくづく、目をやった。

「この犬は、果たして、一匹で伊勢参りができるのだろうか？」

十津川が、いうと、直子は、小さく首を横に振って、

「ウチのはダメだわ。小原さんのところの犬と違って、訓練はしていないし、甘やかして育てているから、おそらく、すぐ家に帰ってきてしまうわ」

十津川は、日本地図を、持ち出して、東京から伊勢市までの距離を、考えてみた。少なくとも五、六百キロはある。

犬は、東名高速を歩くというわけにはいかないから、実際に歩く距離は、もっと長くなるだろう。

「犬って、一日に、どのくらい歩けるのかね？」

十津川が、きくと、直子は、

「人間は確か、四十キロでしょう？　犬なら、その二倍ぐらいは歩けるんじゃないのかしら」

と、無責任ないい方をした。

もし、直子がいうように、一日八十キロ歩くとすれば、一週間で、伊勢に着くことになる。果たして、そんなことが可能なのだろうか？

3

三月十日のお茶々の出発は、東京の地方テレビ局だけが放映した。

杉並《すぎなみ》区永福町《えいふくちょう》にある小原夫妻の豪邸が、出発点である。

小原夫妻が会長と副会長をやっている「東京ゴールデンレトリーバーの会」の会員も、それぞれ、自分のゴールデンレトリーバーを連れて、この出発式に、参加していた。

その中には、十津川の妻の直子もいた。

今日の主役の茶々は、ゴールデンレトリーバーのメスで二歳六カ月、人間でいえば、女盛りだろう。

首輪には、札が付けてあって、それには、

〈私、名前は茶々です。年齢は二歳六カ月。これからひとりで、伊勢参りに行くことになりました。途中、もし、私に会ったら、無事にお伊勢参りができるように、励ましてください〉

と、書かれ、万一の場合の連絡先として、小原社長の自宅の住所と電話番号が、記載されていた。

小原社長が、お茶々の頭をなで、

「ゴー！」

と、サインを送ると、一瞬、お茶々は迷っているふうだったが、その後、颯爽《さっそう》と走り出し、たちまちのうちに、その姿が見えなくなってしまった。

東京テレビのアナウンサーが、小原社長に質問する。

「お茶々は、無事に、お伊勢参りができると思いますか？」

その質問に対して、小原社長が、答える。

「私は、無事に参拝を済ませて、向こうに残っている家内と一緒に、この家に、帰ってきて欲しいと思っているんですよ。前にも、お話ししたのですが、江戸時代の文献には、犬が一匹で、お伊勢参りをしたという記録が、ちゃんと、載っているんです。ですから、できるはずなんですよ。そして、現在、伊勢神宮の神域には、盲導犬など以外の犬は、入れないことに、なっていますが、犬が一匹で、お伊勢参りに来た時には、神主さんが、進んで伊勢神宮の中を、案内してくれるようになって欲しいんです。そうなることによって、お伊勢参りに行こうとする人が、今より、さらに増えると思いますからね」

「しかし、江戸時代と違って、今は、高速道路が、走っているでしょう？　その高速道路を犬が歩くことは、できないんじゃありませんか、危なくて」

「ですから、私は、茶々を車に乗せて、東京・伊勢の間を往復させていますが、高速道路は、一度も、使いませんでした。渋滞を覚悟で、一般道路を走ってきましたから、茶々は一般道路を通って、無事に伊勢に着くものと期待しています」

その日、直子は、帰宅した夫の十津川に、自分が撮ってきた写真を、見せることにした。

「とうとう、お茶々が、伊勢参りに出発したか」

十津川は、笑いながら、何枚かの写真を見ていった。

小原サービスという会社のことは知っていたが、その社長である小原の顔を見るのは、この写真が初めてだった。

六十歳の還暦というが、いかにも、元気そうに見える。

「ええ、予定通り、今日の午前十時に出発したわ」

「確か、東京テレビ一局だけが、出発の模様を取材して、放送したんじゃなかったかな？」

「ええ、そうなの。これが、NHKが放送したのなら、今頃、茶々がどの辺りにいるのかを、伊勢に着くまで、ずっと実況すると思うんだけど、地方局だから、出発した瞬間を、放送しただけで、あとはしないんですって。小原さんは、変に、騒がれるより、そのほうがいいと、いってらっしゃったけど」

「飼い主の小原さんは、何日くらいで、茶々が、伊勢神宮に着くと、思っているんだろうか？」

「そのことを、ちょっときいてみたんだけど、小原さんは、こうなれば、相手は犬任せだから、犬は犬なりだし、あまり、焦らないことにして、気長に、待っていると、そういってらっしゃったわ」

直子は、今日、小原会長からもらったという色紙を、十津川に見せた。

その色紙には、達筆な字で、和歌が一首、書いてあった。

〈何事のおわしますをばしらねどもかたじけなさに涙こぼるる〉

「これ、確か、西行《さいぎょう》作といわれている歌だよ」

十津川が、いうと、直子は、頷《うなず》いて、

「伊勢に生まれた小原さんは、この歌が、いちばん好きなんですって」

と、いった。

4

翌三月十一日午前六時。早朝である。

これから、朝食をとろうとしていた十津川は、電話で、招集をかけられた。

自由が丘駅近くで、殺されたと思われる男性の死体が、発見されたという。

十津川は、迎えに来た亀井《かめい》と一緒に、パトカーで、現場に向かった。

現場は、東横《とうよこ》線自由が丘駅近くの、道路上だった。

すでに、初動捜査班が到着して、死体の周りには、青いシートが張られている。

十津川は亀井と一緒に、その中に入っていった。

そこに、横たわっていたのは、年齢三十ぐらいと思われる、男の死体だった。

初動捜査班の中村《なかむら》警部が、

「被害者の身元は、まだ分かっていない。スニーカーにジーパン、セーターという格好なので、おそらく、この近くに住んでいる男ではないかとは、思っている。死因は、ご覧のように、背中を、ナイフだろうと思うが、二カ所、刺されていてね。それが致命傷だ。死亡推定時刻は、司法解剖をしてみないと、断定はできないが、昨夜の午後七時前後じゃないかな。道路の端に倒れていて、今朝になって発見された。発見者は、東横線の始発に乗ろうとしていたサラリーマンだ」

と、十津川に説明してくれた。

「身元不明ということは、仏さんは、運転免許証も携帯も持っていなかったということか？」

十津川が、きくと、中村は、なぜか急に笑って、

「ああ、何も持っていなかったよ。その代わり、ポケットに、こんなものが入っていたよ」

と、いって、黒い拳銃を、十津川に渡してくれた。

「もちろん、本物じゃないよ。ガスガンで、弾倉には、BB弾が十二発、入っている」

「どうして、こんなものを、持っていたんだろう？」

「これは想像だが、こんなものを持ち歩いて、無闇に、女性や子どもなんかを撃って、喜んでいる男が、結構いるそうだからね。この男も、その一人かもしれないな」

「それで、この男だが、昨夜、ガスガンを撃ったんだろうか？」

「そう思って、皆でBB弾を探しているのだが、何しろ、直径八ミリだからね。まだ見つかっていない」

と、中村が、いった。

初動捜査班の刑事の一人が、近くの派出所に勤務している、巡査部長を連れてきた。

その巡査部長は、死体を見て、しばらく考えていたが、

「この仏さんですが、確か、この近くのマンションに、住んでいる男だと思いますね。顔に見覚えがありますから」

十津川は、初動捜査班から、捜査を引き継いだ後、派出所の巡査部長と一緒に、彼のいうマンションに、行ってみることにした。

そのマンションの管理人に会って、殺された男の年格好や顔立ち、服装などを話すと、管理人は、

「今のお話ですと、五〇二号室の木村《きむら》さんかもしれませんね」

と、いう。

十津川は、その管理人を連れて、もう一度、現場に戻った。

管理人は、死体を見ると、少し青い顔になって、

「やはり、五〇二号室の、木村さんですよ。間違いありません」

と、十津川に、いった。

「間違いありませんね？」

十津川が、念を押すと、管理人は、

「ええ、間違えるもんですか。木村さんですよ」

「その木村さんは、どういう人ですか？」

「確か、独身で、一人で、五〇二号室に住んでいるんですよ。引っ越してきたのは、一年ぐらい前でしたかね」

「仕事は、何をやっているんですか？」

「何をやっている人なのか、よく分かりません。一日中ずっと、部屋にこもっていることもあるし、突然外出して、二、三日帰ってこないことも、ありますから。得体の知れ

ない人なんです」

と、管理人は、肩をすくめてみせた。

「とにかく、仏さんの部屋を見せてもらうことにしよう」

と、十津川は、いった。

5

問題の部屋は、１ＤＫの部屋である。

八畳の部屋には、ベッドが置かれ、そのほか、調度品といえば、丸テーブルと椅子が二つ、机、そして、洋服ダンスとテレビ、そのくらいのものだった。

ただ、モデルガンや、ガスガンが二十挺《ちょう》ばかり、棚の上に、きれいに、並べてあった。

どうやら、拳銃マニアのようだった。

机の引き出しを、調べてみると、運転免許証が入っていた。

木村豊《ゆたか》、二十九歳である。

管理人に、この木村豊が、どんな車を持っていたのかをきくと、

「車は、持っていなかったようですよ。だから、ペーパードライバーなんじゃありませんか？」

「携帯電話は、持っていたんですか？」

亀井が、きくと、管理人は、

「ええ、もちろん、持っていましたよ。例の、ワンセグという、テレビが見られる携帯を持っているのを、見たことがありますからね」

と、いった。

しかし、部屋をいくら探しても、その携帯が、見つからない。

死体が発見された時、所持品の中に、携帯はなかったから、犯人が、持ち去ったのかもしれない。

十津川と亀井は、狭い部屋の中を探してみたが、手紙の類は、見つからなかった。

携帯を使っているので、手紙を書くことはないし、手紙が来ることも、なかったのだろうか？

管理人は、部屋に閉じこもっている時もあれば、急に、旅に行くこともあると、いっていたから、決まった職業もなく、勤めている会社も、ないのかもしれない。

「この木村さんに、誰か、親しい友人か、女性は、いたようですか？」

十津川が、きくと、管理人は、首を横に振って、

「女の人が、訪ねてきたことは、私の知る限りでは、一度もありませんよ。もちろん、外で、彼女と会っていたのかもしれませんけどね。友達もいなかったんじゃないです

か？　訪ねてくる人も、一人も、いませんでしたから」

「木村さんが、どこの生まれか、分かりますか？」

「確か、東北の生まれだと、聞いたことがありますが、東北のどこの生まれかは知りません。とにかく、口数の少ない人でしたから」

同じ五階に住む住人たちにも、話を聞いてみたが、木村豊のことは、あまり知らないようだった。

「顔を合わせることも、ほとんどなかったし、しゃべったことも、ないんですよ」

という人もいれば、

「とにかく、廊下で会っても、いつも、怒ったような顔をしていて、こちらからは、避けるようにしていたんですよ。だから、どういう人なのかは、全く知りません」

という女性もいた。

管理人も、頷いて、

「どちらかといえば、無愛想な人でしたね。だから、私も、親しく話したことが、ほとんどないんですよ」

と、いった。

部屋の冷蔵庫には、ほとんど何も入っていなかったが、なぜか缶ビールが十二本も入っていた。だから、アルコールは好きなのだろう。

この後すぐ、死体は、司法解剖のために大学病院に送られた。

6

司法解剖の結果、死因は、背中を二カ所、刺されていて、その一つが、心臓まで達しており、そのことによるショック死ということだった。

死亡推定時刻は、三月十日の、午後七時から八時までの間。

身元を確認するために、指紋を採取し、警察庁の、前科者カードと照合したのだが、該当者がないという回答だった。

名前は木村豊、年齢は二十九歳ということだけは、分かったが、それ以外の身元は、不明のままだった。

刑事たちは、現場周辺の聞き込みと、ガスガンから、BB弾が発射されたかどうかを、調べていた。

BB弾は見つからなかったが、聞き込みで、西本《にしもと》刑事が、妙な話を聞いてきた。

「三月十日の午後六時半頃、少し暗くなっていましたが、妙な犬を見たという人が、現れたんです」

「あの辺は、犬の散歩をさせている人が、多いんじゃないのか？　犬がいたからといって、妙な犬というのは、ちょっと、おかしいんじゃないのか？」

と、十津川が、いった。

「証言してくれたのは、あの近くのマンションに住んでいて、東横線を使って通勤している人なんですが、三月十日の、午後六時三十分頃、自由が丘駅で降りて、自宅のマンションに向かって、歩いている時、妙な犬を見たというんですよ」

「妙な犬って、何が、妙なんだ？」

「その犬は、かなり大きな、ゴールデンレトリーバーだったんですが、首輪のところに、何か、札のようなものがぶら下がっていたと、いっているんです」

「ちょっと待ってくれよ」

と、思わず、十津川は、口をはさんだ。

「その犬は、間違いなく、ゴールデンレトリーバーなのか？」

「そのサラリーマンは、以前に犬を飼っていたことがあって、それがゴールデンレトリーバーだったそうです。ですから、間違いなく、ゴールデンレトリーバーだったと、いっています」

「首輪についていた妙な札というのが、どんなものか、詳しくきいたかね？」

「ききましたが、何か字が書いてあったが、犬が動いていたので、読むことは、できなかったそうです」

「その犬を目撃したのが、六時半というのは、間違いないのか？」

「周囲が少し暗くなっていたと、そのサラリーマンは、いっていますが、毎日同じ時刻に帰宅するわけではないので、正確な時間は、分からないそうです。ですから、六時半より、もう少し遅かったかもしれないと、いっていますが」

「そのゴールデンレトリーバーだが、そこで、どうしていたのかね？　そこに座り込んでいたのか、歩いていたのか、あるいは、走っていたのか？　その点は、どうなんだ？」

と、十津川が、きいた。

十津川が、その犬について、あまりにも、熱心に尋ねるので、西本のほうが、首を傾《かし》げてしまって、

「警部は、その犬が、今度の事件に、関係していると、思われるのですか？」

「関係があるかどうかは、私にも分からんよ。ただ、ちょっと気になることがあってね。それで、君に、きいているんだが、今いった点は、どうなんだ？」

「サラリーマンは、その犬と、すれ違ったといっていますから、反対方向から歩いてきたんじゃありませんかね」

と、西本は、いった。

7

二日目の、三月十二日、十津川は、妻の直子が撮った写真を、捜査本部に持ってきて、西本に渡し、

「昨日のサラリーマンにもう一度会って、この写真を見せてくれないか？　ここに、ゴールデンレトリーバーが、写っているだろう。首のところに、札が下がっている。三月十日に、目撃した犬が、これと同じ犬だったかどうか、その点をきいて欲しいんだ」

西本が、そのサラリーマンの携帯に、電話をかけた後、十津川に、

「今日、会社の帰りに、こちらに、寄ってくれるそうです」

と、いった。

午後七時を過ぎて、そのサラリーマンが、わざわざ、捜査本部に寄ってくれた。

名前は、磯辺信一郎《いそべしんいちろう》、年齢二十六歳。自由が丘駅近くのマンションに住んでいて、四谷《よつや》三丁目駅のすぐそばにある、地図会社に勤務しているという。

十津川が、取り出した写真を見た後で、磯辺信一郎は、

「ちらっと見ただけですが、こんな格好をしていましたね。犬は間違いなく、ゴールデンレトリーバーでした」

「首輪から、下がっていた札というのは、この写真に写っているものと、同じですか？」

「確かに、こんな感じでしたよ。すれ違っただけですから、何ともいえませんが、こんな、ビニールのケースに入っていて、何か、字が書いてあったのは覚えているんです。この犬、何かしたんですか？」

「今回の殺人事件とは関係ないとは思いますが、たまたま、事件の現場にいたというので、いろいろと、きいているんですよ」

とだけ、十津川は、いった。

小原社長の家がある永福町と、殺人現場の自由が丘を結んで、線を引き、その線を下に向かって引き延ばしていくと、国道一号線にぶつかる。

想像が正しければ、三月十日の午前十時に、永福町を出発したゴールデンレトリーバーの茶々は、その日の夕方、自由が丘を通り、南下して、国道一号線に向かったのではないだろうか？

もちろん、十津川の想像と、殺人事件とが、繫《つな》がっているかどうかは分からない。しかし、十津川は、刑事を、二十人ばかり、増やしてもらって、現場一帯を、しらみつぶしに調べることにした。

十津川が、いちばん知りたかったのは、現場近くに、落ちているかもしれない、ＢＢ

弾の行方だった。

三月十三日になって、問題のBB弾が二発、やっと、見つかった。同じ道路上だったが、死体が転がっていた場所からは、七、八メートル離れていた。

十津川は、少し汚れているBB弾二発と、押収したガスガンを見くらべた。ガスガンの型式はベレッタである。007が使っていたといわれている自動拳銃だった。

「どうされたんですか？」

と、亀井が、不思議そうな顔で、きいた。

「木村豊を殺したのは、背中を刺したナイフですよ。BB弾じゃ、人は殺せないでしょう？」

「もちろん、そんなことは、分かっている。現場から七、八メートル離れた場所から見つかった、このBB弾が、このガスガンから発射されたものかどうかを、知りたいだけなんだ」

「それは、ちょっと、無理じゃありませんか？　何といっても、オモチャの拳銃なんですからね。プラスチックのBB弾に、旋条痕はつきませんよ」

と、亀井が、いった。

確かに、BB弾は、プラスチック製で、どんなオモチャの拳銃にだって、使える。

それに、旋条痕がつかないから、どの銃から発射されたものかどうかも、確認のしようがない。

しかし、逆にいえば、現場近くから見つかった二発のＢＢ弾は、殺された、木村豊のガスガンから、発射された可能性もあるのだ。

もし、それが当たっていたら、どうなるだろう？

ただ、十津川が考えているストーリーには、もう一つの、仮説が必要である。

三月十日、現場近くを歩いていた、ゴールデンレトリーバーが、同じ日の午前十時に、永福町の、小原社長の家から出発した、お伊勢参りのゴールデンレトリーバー、茶々だという仮説である。

もし、同じ犬だとすれば、その日の夕方、刺されて殺された木村豊が、その犬を狙って、ＢＢ弾を発射したという、ストーリーができ上がる。

捜査会議の時、十津川は、三上《みかみ》捜査本部長に、この仮説を話してみた。

十津川の話を聞き終わると、三上本部長は、笑った。

「確かに、面白いストーリーだが、二つも三つも仮説が必要なんだろう？」

「その通りです。仮説の上に、成り立っているストーリーです」

「そんなあやふやな仮説で、捜査を実行されては困るよ」

と、三上が、いった。

「それは、よく分かっているんですが、どうにも、気になるものですから」

「それにだ、被害者の木村豊は、ガスガンから発射されたBB弾で、殺されたわけではないんだ。背中を刺されて、殺されたんだよ。それを考えれば、BB弾だとか、ガスガンだとか、そんなものに、こだわっていたら、捜査は進展しないんじゃないのかね？」

十津川の考えたストーリーは、あっさりと、三上本部長に否定されてしまった。

その日、十津川は、家に帰ると、妻の直子に、

「三月十日に出発した、例のゴールデンレトリーバーだがね」

「ええ」

「小原社長は、今、どこにいるんだ？　まさか犬を追って、伊勢に、行ったんじゃないだろうね？」

「小原さんは、本社が東京にあるから、東京にいるはずだけど、何か、あの社長さんに用でもあるの？」

「君から、社長にきいてもらいたいことがあるんだよ。伊勢参りに行った犬だが、どういう道を通って、伊勢に行くのか、それをきいてもらいたいんだ」

「きいてもいいけど、犬は、勝手に歩くから、飼い主の小原さんにだって、分からないんじゃないかしら」

「分からないのなら、それはそれで、いいんだ。ただ、あの社長は、問題の犬を、車に乗せて、高速道路は通らずに、一般道路を通って、伊勢から東京に、戻ってきたといっ

ているだろう？　どんな道順で、永福町と伊勢を往復したのか、それをきいて欲しいんだ」

次の日、直子は、小原社長に会って、日本地図に、ルートを記入してもらって帰ってくると、十津川に、見せた。

確かに、永福町から、三重県の伊勢までの地図に、赤い線が引いてある。

しかし、その赤い線は、自由が丘の殺人現場を、通っていなかった。

十津川は、少しばかり、ガッカリして、

「ここに描かれた赤い線だが、間違いないんだね？」

「ええ、これで、間違いありませんかと、私も小原さんに念を押したわ。間違いなくこのルートで、東京と伊勢の間を往復したとおっしゃっていたわ」

「しかし、何となく、おかしいな」

十津川が、首を傾げる。

「どこが、おかしいの？」

「この地図によるとだね、永福町からまず、甲州街道を、新宿に向かっている。そこからさらに、東京の真ん中を通って日本橋まで行き、そこから、今度は国道一号線に入って、西に向かい、伊勢まで、行っているんだ。普通、永福町から、国道一号線に入るのならば、まっすぐ南下すれば、国道一号線にぶつかるんだ。どうして、わざわざ新宿まで戻り、さらに日本橋まで、行ったんだろうか？」

「私も、そのことは、疑問だったから、小原さんにきいたんだけど、こういっていたわ。お伊勢参りが盛んで、犬が一匹で伊勢に行った頃、つまり、江戸時代は、日本の道路も地図も、日本橋が起点だった。だから、茶々も、江戸時代と同じように、日本橋から、出発させたかった。いったん戻るような形で、日本橋まで行って、そこから、伊勢に行くように、犬に指示を与えたんだと、そういっていらっしゃったわ。それなら、あなたも、納得できるんじゃないの？」

「やはり不自然だよ」

「どうして？」

「いいかい、小原社長が、江戸時代と同じように、日本橋を出発点として、茶々を伊勢参りに行かせたのだとすれば、出発点を日本橋にするはずじゃないのかね？　そこにテレビにも来てもらって、出発式をやる。それが普通なんじゃないのか？　小原社長の本社は、東京駅の近くにあったはずだ。なおのこと、日本橋を出発点にしたほうが、いいんじゃないのか？　それなのに、小原社長は、永福町の自宅を、出発点にして、『東京ゴールデンレトリーバーの会』の会員も呼んだし、東京のテレビの取材チームも呼んだんだ」

「でも、小原さんは、そうおっしゃったし、こうして、地図にも、赤い線を引いてくれたのよ」

　直子は、少しばかり、不満そうな顔で、いった。

8

　刑事たちが、いくら、現場周辺の聞き込みをやり、被害者、木村豊の周辺を調べても、これはという証拠は、見つからなかった。被害者、木村豊の交友関係が、全く分からないのである。

　捜査が、いっこうに進まないと、十津川の頭の中には、どうしても、伊勢参りに向かった、茶々というゴールデンレトリーバーの雌犬のことが、気になってくる。

　小原社長が、自分の手で、赤い線を引いてくれたという日本地図と、ガスガンと、それに、永福町を出発した茶々の写真を、机の上に載せて考えていると、突然、三上本部長が入ってきて、十津川を睨《にら》んだ。

「君はまだ、つまらないストーリーに、こだわっているのかね？　その写真の犬は、一匹で、伊勢参りに向かったというんだろう。そんな犬と、今回の殺人事件とが、どうして、関係があるというのかね？」

「確かに、関係は、はっきりしませんが、殺された木村豊が、三月十日の夕方、この写真の犬を、見つけて、ガスガンで撃ったとすれば、この犬と殺人事件とが、つながってくるんじゃないかと、思っているんです」

「そうすると、犯人は、犬好きの人間ということになるのかね？　被害者の木村豊が、可愛《かわい》い可愛い、ゴールデンレトリーバーを狙って撃ったので、カッとして、背後から刺して殺してしまった。そういうストーリーに、なってくるのかね。そうなると、犯人も、被害者の木村豊とは、顔見知りではなくて、単に被害者が、犬を苛《いじ》めているのが、許せなくて、刺したことに、なってしまうじゃないか？　容疑者の範囲は、どんどん、広くなってしまうぞ」

「しかし、木村豊が、ガスガンで狙った犬が、写真の犬だったとすると、犬を狙った、それを見て怒った犯人という、単純な図式には、なってこないと思うんです。木村豊は、その犬が、伊勢参りをする犬だと知っていて、狙ったんじゃないでしょうか？　犯人も、単に、犬が苛められていたから、木村豊を殺したというのではなくて、木村豊が、このお伊勢参りの犬を狙って、ガスガンを撃ったので、殺してしまった。そういうことになってきます」

「もし、そうだとすると、犯人の動機は、何なのかね？　君は、単に犬が苛められていたから、殺したのではないという。とすると、犬が、伊勢参りをするのに反対で、木村豊が、写真の犬を撃った。犯人は、逆に、犬が伊勢参りをするのが、楽しかったので、木村豊を殺してしまった。そういうことになってくるのかね？」

　三上から、そんなふうに、問い詰められると、十津川も困ってしまう。

「そこまでは、まだ考えておりません」

　十津川は、正直に、いった。

「犯人の動機は、はっきりとは分からないということだろう？」

「ええ、そうです」

「それなら、君が、頭の中で、考えているストーリーだって、何の意味も、ないんじゃないのかね？」

「もちろん、犯人が、木村豊を殺したのには、はっきりとした動機が、あったのだろうと、思っています」

「しかしだね、今回の殺人事件に、限っていえば、君の考えだと、はっきりした動機なんて、ないんじゃないのかね？　君のいうことを信じれば、伊勢参りをする犬を、苛めていたので、犯人は怒って、木村豊を、殺してしまった。そういうことに、なってくるだろう？」

「その通りです」

「犯人は、お伊勢さんが、好きなんだ。だから、木村豊のやったことが、許せなかった。動機は、すごくシンプルなものに、なってしまうじゃないか。果たして、そんなことで、人間は、人一人を、殺せるものかね」

「そこまでは分かりませんが」

「それにだ」

と、三上が、声を大きくして、言葉を続けた。

「君のいう通りなら、犯人は、どう見ても、お伊勢さんが、好きな人間だよ。そういう人間が、果たして、簡単に、人を殺せるものかね？　もし、信心深ければ、逆に、どんなことがあっても、人を殺したりはしないだろう。そうなれば、ますます、君のいう容疑者の顔が、見えなくなってくるんじゃないのかね」

9

刑事たちの聞き込みで、一つだけ、収穫があった。

現場近くの、電器店の店員が、殺された被害者、木村豊のことを、覚えてくれていたのだ。

「確か、三月九日の、夕方でした。うちにお見えになって、携帯用の電池を二つ、お買いになって、帰られたんですよ」

それが、店員の証言だった。

「間違いなく、それは、三月九日の夕方だったんですね？」

　確認するように、十津川が、きいた。

「ええ、間違いありませんよ。三月九日の午後六時頃でした。店に来られて、携帯電話用の、電池が欲しいんだと、そういわれて、二つ、買っていかれたんです」

「その時、木村さんは、自分の携帯を持っていましたか？」

　十津川が、きいた。

「ええ、お持ちでした。その携帯に合う電池かどうか、試されてから、買っていかれたんです」

「木村さんは、よく来られるんですか？」

　今度は、亀井が、きいた。

「そうですね。月に二、三回は、お見えになりますね。木村さんは、いつもここで、新しい携帯を、買っていかれたり、修理されるので、よく覚えているんです」

　と、店員が、いう。

　普通、携帯には充電器があって、それにはめておけば、充電できるようになっている。現に、木村豊のマンションの部屋を、調べてみると、携帯電話は、見つからなかったが、充電器が机の上に載っていたのを、十津川は、覚えていた。

　だから、非常用の電池などは、普通は要らないものなのだが、それを、二つも買っていったということは、どういうことなのだろうか？

近く、旅行に行くことが、決まっていれば、万一に備えて、電池を、買っていくのではないか？　十津川自身も、旅行に行った時には、非常用の電池を、持っていった。

その電池は、木村の死体を調べても見つからなかったし、彼の部屋でも見つかっていない。

とすると、その電池は、犯人が携帯と一緒に持ち去ったのだろうか？

被害者、木村豊は、近く、どこかに旅行する予定があって、それで、旅行用の予備として、携帯の電池を、買ったのだろうか？


三月十五日になった。

依然として、容疑者は、浮かんでこない。

お伊勢参りに、向かった犬、ゴールデンレトリーバーの茶々が、今どこにいるのかも、分からない様子だった。

第二章　サバイバルゲーム

1

十津川は、さしあたって、自由が丘駅近くで殺された木村豊の捜査に、全力を、尽くすことにした。

表面だけ見れば、木村豊は、たまたま、自由が丘駅近くにいた、ゴールデンレトリーバーをガスガンで撃った。そのために、殺されてしまったように思える。

もし、それが正しいとすれば、動物愛護に、凝り固まった人間がいて、たまたま、犬をガスガンで苛めていた木村豊の姿を見て、腹を立てて、殺してしまったということになる。

確かに、狂信的な、動物愛護の信念の持ち主はいるだろう。

しかし、木村豊は、猟銃で、犬を撃ったわけではない。ＢＢ弾で、撃ったのである。

そんなことで、ゴールデンレトリーバーが、死ぬわけはないし、死体も見つかっていない。おそらく、BB弾で、撃たれて、犬は、ビックリして、走り去ったのだろう。

この状況で、果たして、木村豊を、殺すような人間がいるだろうか？

「いませんね」

亀井が、あっさりと、否定した。

西本刑事が、少し面白い話を、聞き込んできた。

西本は、路上で見つかった、二発のBB弾を持ってきて、十津川の前に置いた。

「このBB弾ですが、普通のものとは、少しばかり、違うことが分かりました」

「どう違うんだ？」

「ちょっと、見ててください」

西本は、そういって、用意してきたガスガンに、そのBB弾を、一発込めた。

「このガスガンは、木村豊の部屋から、持ってきたものです。これで撃ってみたいんですが、段ボールぐらいでは、つき抜けてしまいます。もう少し硬いものがあったほうが、いいのですが、何かありませんかね？」

西本が、いい、誰かが、分厚い板を、見つけてきて、壁に立て掛け、マジックで、簡単な的を描いた。

西本が、ガスガンで狙って、引き金を引く。

発射されたＢＢ弾は、分厚い板に、命中した途端、破裂して、真っ青な絵具《えのぐ》が、飛び出した。

「これは、ペイント弾か？　それじゃあ、木村豊の持っているＢＢ弾は、全部、この同じペイント弾かね？」

「いいえ、小さな瓶に入っている、百発くらいが、これと同じ、絵具の飛び出るＢＢ弾ですが、ほかのものは、普通のＢＢ弾です。この二発が落ちていたのですが、破裂しなかったのは、おそらく、木村は、ガスガンで例の犬を目がけて、撃った。当たらなかったので、惰性で飛び、力を失って、道路に落ちたのでしょう。だから、破裂しなかったんだと思いますね」

と、西本が、いった。

絵具が飛び出すというと、銀行などが、現金を奪って逃げる強盗犯に向かって投げて、背中に当て、そこに青とか赤とかのカラーが、飛び散るようになっているカラーボールがある。なかなか消えないので、犯人である証拠になるのだ。

「確認の電話をしたところ、この絵具ですが、簡単には消えないそうです」

と、西本が、いった。

木村豊の交友関係を調べていた、三田村《みたむら》刑事と、北条早苗《ほうじようさなえ》刑事の二人が、捜査本部に帰ってきた。

二人は、木の板が青い絵具で染まっているのを見て、ビックリした顔で、

「これ、何をやったんですか？」

と、三田村が、きいた。

十津川が、説明すると、

「実は、木村豊は、ガスガンやエアガンを使った、いわゆる、サバイバルゲームを、やっていたそうなんです。そのクラブに入っているのは、たいていが、オタクのような男たちで、サラリーマンや公務員、中には、芸能人もいるそうですが、全員が、ガスガンやエアガンの、改造に夢中で、一月《ひとつき》に一度くらいは、今いった、サバイバルゲームを楽しむそうです。どこかの、山の中で、二十人くらいが、敵と味方に分かれて、撃ち合いをする。その時に、ＢＢ弾が命中したかどうかが分かるように、カラー弾を使うそうです」

「木村豊は、そういうクラブに、入っているのか？」

「正確にいえば、前に、入っていたんです。そのクラブの人間に会って、話を聞いたのですが、去年の五月に、突然、木村は、そのクラブを、辞めてしまった。どうして、辞めるのかと、仲間が、聞いたんだそうです。その時、木村は、こんなふうに、答えたといっています。サバイバルゲームを、楽しむのは、いわばマスターベーションのようなものだ。疲れるだけで、全然、金にならない。俺は、金になる仕事をやりたくなったか

ら、悪いが、脱会する。そういったそうです」

「その、金になる仕事の内容について、木村は、何かいっていたのか？」

「その時は、教えてくれなかったそうです。それが去年の五月ですが、半年くらいたって、十月にグループの一人が、たまたま、新宿で木村に会ったそうなんです。それで、近くの喫茶店でコーヒーを飲みながら、『君がいっていた金になる仕事は、どうなったんだ？　うまく、いっているのか？』と、きいたら、木村は、ニッコリして、『俺は今、誰もが知っている大物の下で、働いている。うまく行けば、大金が、転がり込んでくる』と、いったそうなんですが、その大物の名前も、どんな仕事を、しているのかも、教えてくれなかったそうです」

と、三田村が、いった。

「木村豊について、どんなことでも、いいんだが、そのサバイバルゲームのグループや、去年の十月に、新宿で会ったという男などから、何か、聞けなかったのか？」

　さらに、十津川が、きいた。

「木村に会ったのは、後藤文彦《ごとうふみひこ》という名前の男で、木村豊と同じ二十九歳です。新宿で、この後藤が、ばったり会った時、木村は、女と一緒だったというんです。なかなかの、美人で、うらやましかったとも、いっています。ただ、後藤が声をかけると、彼女は、木村からスーッと離れて、そのまま、消えてしまったそうです」

「しかし、マンションの管理人の話では、木村豊には、女性の影はなかったというのに、本当は、そういう美人の彼女が、いたのかね?」

「後藤は、あんなきれいな女と、付き合っていて、うらやましいと、本人にいったそうです」

「それで、木村の答えは?」

「あれは、俺の女じゃない。さっきいった、大物の女性秘書だよ。木村は、そういったそうです」

「その言葉は、どう受け取ったらいいのかね? 木村豊は、自分の恋人なのに、わざと、自分が働いている、大物の女性秘書だといって、とぼけたのか、どうなんだろう?」

「後藤も、木村が、本当のことを、いっているのか、ウソをついているのか、分からなかったと、いっています」

「後藤という男だが、ほかに、どんなことを、木村豊と話したんだ?」

「二人で、話をしている時、自然に、昔、一緒に、サバイバルゲームをやっていた頃の話になったそうで、後藤が、『もっと、大々的にサバイバルゲームをやりたいんだ。米軍のジープを手に入れて、乗り回したいし、兵員輸送車も欲しい。金がないので、君のいう大物が、スポンサーに、なってくれないかな』と、いったそうです。それに対して、木村は、『あの人は、そういう遊びには、全く関心がない。来年になって、大金を手に入れたら、俺が、スポンサーになってやろうじゃないか』と、そういったそうです」

「木村豊は、来年になったら、大金が、手に入るかもしれない。確かに、そういったんだな？」

「ええ、そういったそうです」

「しかし、木村は、殺された時、1DKの小さなマンションで、暮らしていた。殺された三月十日までには、大金が、手に入らなかったんだ。そういうことだろう？」

「確かにそうですが、その後、彼は、どこかに、旅行に行くつもりだったようですから、その旅行で、大金が、手に入る予定だったのではないでしょうか？」

と、早苗が、いった。

「しかし、旅行に行くだけで、大金が手に入るとは、思えないがね」

十津川が、首をひねった。

「確かに、その通りです。ですから、旅行先で、何をするかの、問題なんじゃありませんか？　たぶん、木村豊は、どこかで、何かをするために、旅行に出ようとして、携帯電話の予備の電池を買ったんだと、思います」

と、早苗が、いった。

「木村がいっていたという大物というのが、誰なのか、それが、分かればいいんだがね」

「後藤も、しつこく、大物の名前を教えてくれと、粘って、聞いたそうですが、結局、木村は、教えてくれなかったといっています」

「木村が、一緒にいたという女性だが、どんな女性か、分かっていることだけでも、話してくれないか？」

十津川が、いうと、早苗が、

「背はかなり高くて、百七十センチくらい。中ヒールを、履いていたそうですが、木村より背が高く見えたと、後藤は、いっています。シャネルのドレスが、よく似合っていたとも、いっているんです」

「どうして、シャネルのドレスを着ていると、分かったのかね？　後藤という男は、ブランド物に詳しいのか？」

「後藤には、今、同棲《どうせい》している女性が、いるんですが、いわゆるシャネラーで、いつもシャネルの写真集を持っていて、これが欲しい、あれが欲しいと、後藤にいっているそうなんです。それで、後藤のほうも自然に、シャネルの、ハンドバッグや靴やドレスに、詳しくなってしまったんだそうです。あれは、間違いなくシャネルのドレスで、百万円以上するものだと、後藤は、いっていました」

「木村が、その時、話したことが本当で、その女が、いわゆる、大物の秘書をやっているのだとすれば、シャネルのドレスは、その大物に、買ってもらったことに、なってくるね」

「私も、そう、思います」

「ところで、木村豊は、自由が丘の、1DKの狭いマンションを、借りて住んでいた。管理人の話では、女性が、訪ねてきたことは、なかったというから、シャネルの女は、木村に会う時、彼のマンションに、行くことはなかった。たぶん、女のほうが、木村を呼び出して、新宿かどこかで、会っていたんだろう。そういう力関係かもしれないな」

2

三月十六日になって、また一つの動きがあった。三田村と北条早苗が、十津川に、こんな報告を、したのである。

「先日お話しした後藤が、われわれに、協力してくれました。さっき、その後藤から、電話がありまして、ぜひ、相談したいことがあるというので、そのグループの本部がある、三鷹《みたか》に行ってきたいと、思います」

「それには、私も同行して、話を聞きたいな」

と、十津川が、いった。

結局、十津川を含めた、三人で、三鷹にあるという、そのサバイバルグループの、本部に向かった。

ＪＲ三鷹駅から歩いて、七、八分の商店街の中にある、岡田《おかだ》商店という店が、その本部だった。

店の一階には、エアガンや、ガスガンがずらりと、並んでいる。そのほか、旧陸軍の軍服や旧海軍の軍服、人気があるという第二次世界大戦のドイツ軍の将校服などが、飾ってあった。

二階に上がっていくと、広さ三十畳ぐらいのリビングルームがあって、壁にはサバイバルグループの写真や、その模擬戦の模様が、パネルになって飾ってあった。

後藤文彦が、先に来ていて、店のオーナー、岡田修《おさむ》という、三十五歳の男を紹介してくれた。

岡田は、気に入っているという、アメリカ軍の迷彩服を着ていた。

十津川たちに向かって、笑いながら、岡田は、

「この服が、自分に、いちばん似合っていると思っているので、いつもこんな格好を、していいます。別に、戦争に、賛成しているわけじゃありませんよ。遊びの戦争が、大好きなだけです」

「殺された木村豊さんも、ここのサバイバルグループに、入っていたそうですね？」

確認するように、十津川が、きくと、岡田は、パネルの一枚を指さして、

「これを見てください。木村君が写っています」

と、教えてくれた。

二十人ほどのメンバーが、全員で迷彩服を着て、ガスガンやエアガンを持って、写っている。なるほど、その中に、木村豊の顔もあった。

「こちらの、後藤さんからの電話では、何か相談したいことが、あるということでしたが、どんなことですか？」

三田村が、岡田に、きいた。

「ウチのグループですが、もう、十年も続いているんですよ。楽しいグループですからね。だから、会員は、なかなか辞めない。それが、ウチのグループの、自慢でもあったのですが、去年、突然、木村君が、辞めたいといってきましてね。辞めて、どうするんだと、聞いたら、何だか、訳の分からないことをいっていたんです」

「何か、大物の下で、働くことになって、大金が入ると、いったんでしょう？」

北条早苗が、いった。

「そうなんですよ。そういう話は、マユツバだから、用心しろよといったんですけどね。それが、当たったかどうかは、分かりませんが、あんな殺され方を、してしまった。その後、僕は、全員を、集めましてね。あまり、うまい話には乗るな。それより、みんなで一緒になって、休みの時に、山に入って、サバイバルゲームを、楽しもうじゃないかと、いったんです。そうしたら、昨日になって突然、二人の会員が、辞めてしまったんです」

「二人というのは？」

「中村浩介《こうすけ》君と金子《かねこ》義郎《よしろう》君です。二人とも独身で、中村君は、二十九歳、金子君は、三十歳です。二人とも、サバイバルゲームが大好きだったんですよ。エアガンとかガスガンとかを、自分で改造したりしてね。それが、どうしたわけか、突然、会を辞めたいと、いい出して、どうして辞めるんだと、聞いたけど、理由を、いわないんですよ」

岡田は、小さくため息をついた。

その二人の写真を、十津川に、見せてくれた。二人とも、迷彩服を着、ガスガンを持って、無邪気に、笑っている。

「この二人について、どういう人間なのか、簡単に、説明してもらえませんか？」

と、十津川が、いった。

「中村君は、自宅近くのコンビニで働いているんです。金子君のほうは、普通のサラリーマンですよ」

「二人とも、岡田さんに、グループを辞めたいといってきたのですか？」

「ええ、私が引き留めたら、脱会したいという手紙が届いたんです。二人連名の手紙ですよ」

そういって、岡田は、封筒を、十津川に渡した。中には、パソコンで打たれた手紙が、入っていた。

〈今回、やむを得ない事情があって、私たち二人は、サバイバルグループを、退会せざるを得なくなりました。

十年間、楽しい思い出を、作っていただき、本当に、ありがとうございました。もし、また、気持ちが変わりましたら、再入会させていただくことに、なるかもしれません。その時は、私たちの、わがままを、許していただきたいと、思います〉

そして、中村浩介、金子義郎と、二人の名前が、ボールペンで、書かれていた。

「それで、この二人には、連絡しようと、されたんですか？」

三田村が、きいた。

「もちろん、連絡しましたよ。木村君のことがありますからね。手紙が、今日の午前中に届いたので、二人に、連絡しようと思ったんです。中村君は、武蔵小金井《むさしこがねい》のマンションで、一人で、暮らしているので、そこに電話をしたんですが、出ないんですよ。携帯電話にも、かけてみたのですが、そっちにも出ない。金子君は、京王線《けいおう》に、調布《ちょうふ》というところが、あるんですが、そこに、ご両親、妹さんと、一緒に住んでいるんです。そこから新宿の会社に、通っています。それで、家に、電話をしてみましたら、金子君のお母さんが出て、オロオロした声で、昨日から、彼が帰ってきていないと、いうのです。心配で、新宿の会社にも、電話をしたそうなのですが、会社にも、来ていないといわれて、どうしたらいいのか、困っているという話でした」

「つまり、この二人は、失踪《しっそう》してしまったということですか?」

十津川が、二人の写真を見ながら、きいた。

「そういうことになりますね」

「何か、心当たりがありますか?」

「いや、全くありません。ですが、この二人のうちの中村君ですが、ウチのグループの中で、彼と、いちばん親しかったのが、死んだ木村豊君だったんですよ」

と、岡田が、教えてくれた。

「この二人も、当然、エアガンとか、ガスガンを、持っているわけですよね?」

「ええ、もちろん、何挺も、持っているはずです」

「それから、絵具が飛び出す、カラー弾を持っていますか?」

「ええ、持っています。カラー弾は、サバイバルゲームの必需品ですから」

と、岡田が、いった。

十津川は、念のために、中村浩介と金子義郎の二人が持っている、携帯電話の番号を教えてもらった。

3

十津川は、三田村と北条早苗の二人に、中村浩介のことを、調べるために、武蔵小金井に向かわせ、自分は、捜査本部にいる、亀井と待ち合わせて、金子義郎が、両親と妹と住んでいる、京王線の調布に向かった。

十津川が、中村浩介、金子義郎の二人の顔写真を、亀井に見せると、

「この二人の失踪も、木村豊の死と、何か関係があると、警部は、思っておられるんですか？」

「その点は、まだ、分からない。しかし、リーダーの岡田の話によると、サバイバルゲームの会員たちは、今まで、十年間も一緒に、ゲームを楽しんできた。その間、辞めた人間は、一人も、いなかったというんだ。それが突然、木村豊が、辞め、今度は、この二人が手紙で、辞めるといってきた。その上、連絡をしても、連絡がつかない。それにだ、この中村浩介という男は、殺された木村豊と、グループの中で、いちばん仲が良かったと、リーダーの岡田は、いっているんだ」

「木村豊が、殺される前に、この中村浩介と、何か、話をしているかも、しれませんね。

大物のこととか、大金が手に入る儲《もう》け話があるとか、そういうことですが」

「その可能性は十分にある」

「そうすると、この二人ですが、木村豊が死んだので、彼の代わりに、何かを、しようとしているのかも、しれませんね」

十津川と亀井は、二人目の脱会者、金子義郎の家に向かって歩きながら、そんな話を、交わした。

多摩川《たまがわ》の土手の近くに、金子義郎の家があった。父親と妹も、それぞれ、会社勤めをしていたが、長男の義郎が、突然、失踪してしまったので、心配で、会社にも行けず、全員が家にいた。

十津川は、両親と妹に向かって、

「義郎さんが、いなくなった時のことを、詳しく話してもらえませんか？」

と、いった。

三人が、一緒に、しゃべろうとする。父親が、それを、抑えるようにして、

「昨日の朝は、いつもと同じように、朝食をとってから、いつもの時間に、出勤していったんです。ですから、てっきり、新宿の会社に行っているものだと、思っていたんですが、夜になっても、帰ってこない。今朝になって、心配していたら、お昼頃、岡田さんから、電話があったんです。義郎が入っているサバイバルグループの、リーダーの方

です」

「サバイバルグループを、辞めるという手紙が届いた。そういう、連絡ですね？」

「ええ、そうなんです。正直にいえば、あんなグループは、どうでも、いいんです。息子は、もう、三十歳ですよ。結婚もしないで、オモチャの銃を、振り回したりしているんですよ。サバイバルナイフなんか、持ち出して、もし、人を傷つけてしまったら、どうするんだと、注意していたんです。だから、ああいうグループは、辞めてもらったほうが、いいんです。岡田さんから、急に辞めたいという手紙が来たと、聞かされても、かえって、嬉《うれ》しかったくらいですよ。それなのに、今日になっても、義郎は、帰ってこないんです。私には、そのほうが心配で」

と、父親が、いう。

「義郎さんから、連絡は、ないんですか？」

「全然ありません」

「今までにも、義郎さんが、突然いなくなって、連絡がつかなくなるようなことは、あったんですか？」

亀井が、きくと、今度は、母親が、

「そんなこと、一度も、ありませんよ。あの子は優しい子で、今まで、私たちに、心配をかけるようなことは、一度も、なかったんです。ただ、お父さんがいったように、二十歳くらいの頃から急に、エアガンとか、ガスガンに、凝り出してしまって、私には、そのことだけが、心配だったんです。今まで、人を傷つけたりするようなことだけは、なかったので、安心していたのに」

「昨日の朝は、いつものように、朝食をとってから、会社に行ったと、いわれましたね？　会社には、連絡されたんですか？」

「ええ、連絡しました」

「昨日は、出社していたんですか？」

「それが、いつものように、家を出たのに、なぜか、会社には、行ってなかったんですよ」

「今、義郎さんは、どのくらいの現金を、持っていると、思われますか？」

亀井が、きいた。

「せいぜい五、六万円だと、思いますけど」

「カードはどうですか？　持っていますか？」

「いいえ、持っていません。義郎は、カードは、持たない主義ですから」

と、母親が、いう。

「義郎さんの部屋を、見せていただけませんか？」

十津川が、いった。

二階に、その義郎の部屋と、妹の洋美《ひろみ》の部屋があった。

六畳の部屋に入ると、棚の上には、ズラリと、BB弾の入ったガラス瓶や、ガス缶が並び、壁には、二十挺近い、ガスガンやエアガンが、飾ってある。

迷彩服も、衣装ダンスの中に入っている。

「木村豊の部屋と、同じ感じですね」

亀井が、いった。

「ここに飾ってあるガスガンやエアガンですが、なくなっているものはありますか？」

十津川が、きいたが、両親も妹も、分からないという。

「昨日、家を出る時、何か手に持っていませんでしたか？」

十津川が、きくと、

「そういえば、いつもは、何も持たないで出勤するんですけど、昨日の朝は、ショルダーバッグを、提げていました」

と、母親が、いった。

「どんなショルダーバッグですか？」

「かなり大きな、ショルダーバッグなんです。旅行に行く時などに、よく使っていたショルダーバッグなんですが、出勤する時に、持っていたので、気になって、それどうするの、中に何が入っているのと、聞いたんです」

「義郎さんは、何と、答えましたか？」

「会社の帰りに、友だちに見せたいものが入っているんだ。そういっていました」

「つまり、エアガンか、ガスガンですね」

「ええ、私も、そう思いました。きっと、新しく買った変な拳銃でしょう。ああいうものは、改造すると、罪になると聞いたし、あなたも、もう三十なんだから、早く、ああいうものとは、縁を切りなさいよといったんです。そうしたら、あの子は、ただ、笑っていましたけど」

母親が、重い口調で、いった。

おそらく、ショルダーバッグの中には、母親が、考えたように、エアガンか、ガスガンが入っていたに、違いない。そして、カラーのＢＢ弾もである。

「息子さんから、連絡が入ったら、すぐに知らせてください」

十津川は、両親にそういって、捜査本部の電話番号と、彼自身の、携帯の番号を教えて、捜査本部に、引き上げることにした。

4

十津川と亀井が、捜査本部に戻ると、一時間ほどして、三田村刑事と北条早苗刑事も、帰ってきた。

　二人の報告は、こうだった。

「中村浩介のマンションは、JR武蔵小金井駅から、歩いて十五、六分のところにありました。2DKの間取りで、片方の部屋は、寝室で、もう一つが、娯楽室になっていましたね。そこには、たくさんの、エアガンやガスガンが、壁に、飾ってありました。それに、ガス缶や、迷彩服や、BB弾など、そんなもので、部屋中が溢《あふ》れていましたよ。パソコンも、ありました。おそらく、あのパソコンを使って、連名で、退会届を作ったものと、思われます」

　三田村が、いった。

「中村が働いていた、コンビニも分かったか？」

「マンションから、すぐのところにあるコンビニです。そこでも、いろいろと中村について、話を聞いてきました」

　早苗が、いった。

「中村は、その店で、どんな評判だったんだ？」

「店長に、話を聞いたのですが、評判は、すこぶるいいですよ。今まで、休んだこともないし、真面目で、客の応対もいい。そういっていました」

「エアガンやガスガンの、趣味については、知っていたんだろうか？」

「知っていたと、いっていました。それどころか、強盗が入った時の、用心にといって、中村が、ガスガンと、カラーのＢＢ弾を、店に寄付したそうです。今もそれが、店のレジの下に、置いてありました。幸いなことに、まだ、使ったことはないと、店長は、いっていましたが」

「中村は、その店を、昨日から休んでいるのか？」

「そういっていました。今まで、一日も休んだことがないので、心配になって、店長が、電話をしたそうですが、電話に出なかったといいます。私たちが、行ったので、余計に、心配になったみたいですが」

と、早苗が、いった。

「問題は、中村が、何を持ち出して、姿を消したのかということなんだが、一人住まいだと、持ち出したものが、分からないんじゃないのか？」

十津川が、きくと、三田村が、

「それがですね、だいたい分かりました」

と、いった。

「マンションの管理人にでも、聞いたのか？」

「聞いたのは、管理人の、息子です。中学生ですが、ガスガンやエアガンに、興味があって、中村の部屋に、よく、遊びに行っていたというのです。その中学生を、中村の部屋に連れていって、なくなっている銃やＢＢ弾があるかどうか、聞いてみたのです。そうしたら、はっきりと、答えてくれました。リボルバーのガスガンと、カラーのＢＢ弾が入っていた瓶が、なくなっていると、教えてくれたんです」

「間違いないんだろうね？」

亀井が、きくと、三田村が、笑って、

「その中学生ですが、中村の部屋にある銃を、全部、覚えているんですよ。ＢＢ弾とか、標的とか、迷彩服なんかについても、全部、覚えていましたから、間違いないと、思います」

「中村がいなくなった時、どのくらいの現金を、持っていたかなんだが、それも分かったかね？」

十津川が、きくと、北条早苗が、

「それについては、はっきりとは、分かりません。でも、中村は独身で、真面目に、働いていましたから、少なくとも五、六万の金は、持っていたと思います」

「中村が付き合っていた人間を、知りたいんだが、その点は、どうだ？」

十津川が、きいた。

「そのことで、私たちは、コンビニの店長や、マンションの管理人、管理人の息子の中学生にも、話を聞いてみました」

と、早苗が、いった。

「これは、マンションの管理人に、聞いたのですが、中村は、一年半くらい前から、そのマンションに、住むようになった。女性が訪ねてきたことは、ほとんどない。今年の正月、三日に、同年輩ぐらいの男の人が、訪ねてきて、二人で、これから近くの神社に、初詣に行ってくると、管理人に、いったそうです」

「同年輩に見える男か」

「ええ、そうです。持っていった、木村豊の写真を管理人に見せると、同一人物と、断定はできないが、こんな感じの男と、一緒だったと、いっていました」

「もし、それが、木村豊ならば、サバイバルグループのリーダー、岡田の話も、裏が、取れたということになるね。グループの中で、木村豊と、いちばん仲が良かったのは、中村だと、いっていたからね」

「しかし、なぜ、今年の正月に、木村豊は、中村に会いに、マンションに、行ったんでしょうか？　木村は、何か、秘密の仕事を引き受けて、一人で、あの、サバイバルグループを辞めたわけでしょう？　それがなぜ、辞めたはずのグループの一人に、会いに行ったんでしょうか？」

早苗が、きく。

「あるいは、木村豊が、仲のいい中村を、誘いに行ったのかもしれないな」

「誘いにですか？」

「こんなふうには、考えられないかな。木村豊は、彼がいうところの、大物に、何か、特別な仕事を頼まれた。大金が手に入るような仕事だと、木村は、いっていた。その大物だがね、その時、木村豊と同じような人間を、もう一人、欲しかったんじゃないだろうか？　木村に向かって、実は、もう一人、君と同じような人間が欲しい。そういったので、今年の、正月に、木村は、中村を、誘いに行ったんじゃないだろうか？」

「しかし、その時、中村は、断ったんでしょうね。その後も、中村はずっと、サバイバルグループを、辞めていませんから」

と、早苗が、いった。

「それは、君のいう通りだと、思う。その後、木村豊は、誰かに、殺されてしまった。大物は困ってしまった。木村豊は、大物に向かって、自分と親しい、中村という男がいる。その男を、今、仲間に入れようとしていると、そんな話をしていたんじゃないかと思う。そこで大物は、木村の話していた中村浩介を、誘った。そして、もう一人、君と同じような人間を、必要としている。中村は、そういわれたので、金子義郎を、誘って、二人で、サバイバルグループに、退会届を出したのではないか？　私は、そんなふうに、考えているんだがね」

「しかし、その大物が、どんな人間なのか？　依頼された仕事というのが、どんなものなのか？　それをぜひ、知りたいと思いますが」

と、亀井が、いった。

「大物は、文字通り、木村豊から見て、かなり、偉い人なのだろう。頼まれた仕事だがね、木村豊も、中村浩介と金子義郎も、同じ、サバイバルグループの会員だった。つまり、ああいうグループの会員を、必要とするような仕事だと思うね」

「三人は三人とも、十年間も、サバイバルグループに、所属していたんです。彼らが得意とするのは、エアガンやガスガンを使ったり、それから、ＢＢ弾を飛ばすことでしょう。そのＢＢ弾も、カラー弾です。しかし、そんなことで、大金を払うような大物が、果たして、いるのでしょうか？」

西本刑事が、首を傾げた。

5

十津川が帰宅すると、妻の直子が、はしゃいでいた。

十津川の顔を見るなり、

「お伊勢参りの犬が、浜松《はままつ》の近くで、発見されたんですって」

と、嬉しそうに、十津川に、いった。

「浜松か。そこまで、行ったのか？」

「そうなんですよ。偉いじゃありませんか」

「しかし、その犬が、伊勢参りの犬というのは、間違いないのかな」

「発見した人が、ゴールデンレトリーバーで、首輪のところに札がついていたと、そういっていて、携帯で、写真を撮ったから、間違いないみたい。でも、すぐ、逃げられたと、そういっているそうですよ。明日の新聞に、その写真が載るのよ」

直子が、ニコニコ笑いながら、いう。

翌日の朝刊には、小さくはあったが、お伊勢参りの、ゴールデンレトリーバーの写真と記事が、載っていた。

発見者は、浜松に住む、高校三年の女生徒で、学校の帰りに見つけて、急いで、携帯で写真を撮ったという。少しブレているが、間違いなく、あのゴールデンレトリーバーで、首輪のところに、白い札がついている。

その記事の最後のところに、小原社長のコメントも載っていた。

「いつも、今、茶々は、どこを歩いているのか、心配でした。今日、浜松の近くで発見されたと、聞いて、ホッとしています。よく、あそこまで、歩いたものです。とにかく、この先も、ケガをしないで、無事に、お伊勢さんまで行ってほしいと、願っています」

それが、小原のコメントだった。

「とにかく、大したものだな」

　十津川も、写真を見て、いった。

「そうでしょう。私は、最初から大丈夫だと思っていたのよ。何しろ、あの、小原さんは、十一頭もゴールデンレトリーバーを育てていて、茶々は、その中でも、いちばん優秀な犬なんだから、絶対に、お伊勢参りを、無事に済ませると、思っているの」

「しかしね」

　と、十津川が、いうと、

「あなたは、犬が、お伊勢参りをしてはいけないとでも思っているの？」

「そんなことは、思っていないが、無事に、お伊勢参りをしたとしても、どんな徳が、あるんだろうかと、考えてしまうんだよ」

「徳なんか、何も、ないかもしれないけど、犬が、お伊勢参りをするということ自体、素晴らしいことじゃ、ないかしら？　東京から、一頭の犬が、お伊勢参りに出発して、無事にそれを済ませたら、大変なニュースになると、思うわ。それに、お伊勢参りをする人も、増えると思うの。犬でさえ、お伊勢さんが、好きで、お伊勢参りをするんなら、人間も、一生に一度は、お伊勢参りを、しなくてはいけない。そんな雰囲気が出ると、思うから」

　と、直子が、いった。

「なるほどね。お伊勢参りの、宣伝にもなるということか」

「そういう考え方は、私は嫌い。とにかく、感心な犬だと思うだけ。それだけでも、素晴らしいことじゃないの」

直子は、相変わらず、嬉しそうな顔で、いった。

「ウチのゴールデンレトリーバーは、どうなのかな?」

「そうね。ウチのは、甘やかされて、育っているから、お伊勢参りは、できないかもしれないけど、可愛いことは、可愛いわよ」

と、直子が、いう。

確かに、捜査が難航している時などは、家に帰って、愛犬の顔を見ると、癒されるような気がする。そのことは、十津川も感じていた。

6

その日、捜査本部に行くと、刑事たちの間でも、犬のことが話題になっていた。

刑事の一人が、日本地図を、壁に貼って、東京から浜松までの道路に、赤線を入れた。

「三月十日に東京を出発して、三月十六日に、浜松に到着したんです。大したものですよ。このまま行けば、あと、一週間くらいで、伊勢に、着くんじゃありませんか?」

と、西本が、いった。

「そう考えると、自由が丘で、木村豊の撃ったBB弾が、この犬に、当たらなくてよかったですね」

と、三田村が、いう。

「もし、当たっていたら、死ぬことはないでしょうが、痛がって、肝心の、お伊勢参りのことを忘れて、逃げ帰っていたかもしれませんからね」

「問題は、この茶々という、ゴールデンレトリーバーが、伊勢に、着いた後だな。盲導犬など以外は、伊勢の、内宮にも外宮にも、入れないことになっているんだ。果たして、お伊勢さんのほうで、どう、扱うかだな。むげに、入れなければ、世間の批判が、集中するだろうしね」

日下《くさか》刑事が、大声で、いっている。

「これは絶対に、内宮にも外宮にも、参拝させるべきだよ。拒否したら、逆に神宮側が、皆から、批判される」

「これを機会に、犬や猫にも、参拝させるべきだな」

刑事たちが、自分の考えを、口にしていた。

十津川は、黙って、それを、聞いていた。

確かに、ゴールデンレトリーバーが、東京を出発して、お伊勢参りを、するというのは、微笑《ほほえ》ましいニュースである。今はまだ、新聞でも、小さな扱いにすぎないが、いよいよ、お伊勢さんに、近づいてきたら、扱いは、どんどん、大きくなっていくだろう。今、世相は、暗いニュースで、満ちている。無差別殺人とか、不景気とか、年金問題とか、そんな中で、信心深い犬が、お伊勢参りをした。今年いちばんの、明るいニュースになるかもしれない。

その一方で、十津川の頭の中では、お伊勢参りのゴールデンレトリーバーの写真と、どうしても、自由が丘で殺された、木村豊という青年のことが、繋がってしまうのだ。

両者には、何の関係も、ないのかもしれない。

だが、木村豊が、ガスガンで、問題の犬を狙って撃ったことは、まず、間違いないと、十津川は思っていた。幸い、弾は、逸《そ》れたが、そのことと、木村豊の死とが、どこかで、繋がっているのではないか？

それに、サバイバルグループの、二人の男の失踪も、木村豊の死と、繋がっていないだろうか？　十津川には、繋がっているような気がするのだが、どう繋がっているのか、見当がつかない。

十津川が、考え込んでいると、亀井がそばに来て、

「気晴らしに、散歩しませんか？」

と、いった。

　二人は、しばらくの間、黙って、静かな住宅街を歩いていたが、近くに、アンティークな感じの喫茶店を見つけて、入ることにした。

　まだ早い時間なので、二人のほかには、客の姿はない。

　コーヒーを注文した。

「カメさんは、私に、何か、いいたいみたいだね」

　十津川が、いった。

「別に、警部に、いいたいことが、あるわけではありません。何か、捜査のことで、悩んでいらっしゃるようなので、それならば、少しは、リラックスして、こうした静かな喫茶店で、コーヒーを飲むのも、いいんじゃないかと思いましてね」

「私は、考えすぎているかね？」

「私には、そう見えるんですよ。木村豊という、二十九歳の男が、背中を二カ所刺されて、殺されました。ところが、いくら調べても、この木村豊という男には、殺される理由がありません。大物といわれる人物に、何か、金になる仕事を頼まれていたようですが、それが、本当かどうかも、分かりません。第一、木村という男には前科もないし、ボクシングとか、空手の経験があるわけでも、ありません。いってみれば、ガンマニアで、エアガンとかガスガンを持っていて、それを、撃って喜んでいる、そんな男でしょう？　本物の銃を、扱う人間ならば、その銃で、誰かを殺すようにいわれて、その仕事で、大金を手に入れようとするのかも、しれませんが、彼にできるのは、ガスガンを使って、ＢＢ弾を、撃つくらいのものです。ＢＢ弾では、人間は、絶対に死にません。犬だって、猫だって、死なないでしょう。ですから、のんきに考えたらいいんじゃないかと、思うんですよ」

「別に、考えすぎているとは、思わないんだがね」

「しかし、悩んでいらっしゃいますよね？」

「ああ、悩んでいる。今、カメさんがいったように、殺された木村豊は、人を殺した前科もないし、そんなことをするような人間にも、見えない。根っからのガンマニアで、できることといえば、せいぜいガスガンかエアガンを使って、ＢＢ弾を、飛ばすくらいのものだ。カメさんがいうように、ＢＢ弾では、人は殺せないし、犬だって猫だって、殺せないだろう。ところが、そんな木村豊に、これは、彼の言葉を信じればだが、大金を出すような、大物と呼ばれる人間がいるんだ。どうして、そんなことに、大金を払うのか、いくら考えても、分からなくてね。これが第一の悩みだよ」

と、十津川が、いった。

「ほかにも、悩みがあるみたいですね」

「第一の悩みと、繋がっているのだが、そんな平凡な男に、大金を払う人間が、いるかどうか、いるとすれば、なぜ、払うのかが分からない。ところが、その木村豊が、何者かに、殺されてしまった。こうなると、大金の話も、ウソではなくて、本当なのではないかと、思えてきたんだ。これが、第二の疑問だが、そうなると、ますます、分からなくなってしまう」

「警部の悩みは、私にも、よく分かりますよ」

「カメさんなら、これを、どう考えるんだ？」

十津川が、きくと、亀井は、コーヒーをブラックで一口、飲んでから、

「私なら、ありのままを、そのまま、受け入れますね」

「受け入れるって、どんなふうにかね？」

「木村豊には、前科が、ありません。人を殺すような人間にも見えません。空手もできないし、ボクシングも、できません。彼にできることといえば、エアガンかガスガンで、BB弾を飛ばすことぐらいです。十年来、楽しんで、やってきたことです。もし、彼に大物の人間がついて、大金を、払うとすれば、そのことに、大金を払おうとしているのではないでしょうか？　私は、素直に、そう受け取りますね。ガスガンを使って、BB弾を飛ばすことに、誰かが、大金を払うといったんですよ」

「そうか、カメさんは、そのまま、受け取るのか？」

「そうです。今度は、木村豊と同じ、サバイバルグループに、所属していた、中村浩介と金子義郎の二人が、姿を、消してしまいました。警部は、木村豊と同じように、誰か

に雇われて、大金を出すといわれた、そう思っていらっしゃるのでしょう？」

「そう、思っている」

「それならば、同じように、単純に、考えればいいんですよ。今申し上げたように、木村豊は、ガスガンで、ＢＢ弾を飛ばすことしか、能がない。だから、大物はそのことに、大金を払うといった。今度の中村浩介と金子義郎の二人も、同じだと、思うのです。二人とも、真面目で、独身で、楽しみといえば、サバイバルゲームをやるために、グループに入っていて、ガスガンかエアガンで、ＢＢ弾を飛ばすことしか、ありません。同じように考えれば、この二人も、誰かに雇われて、ガスガンかエアガンで、ＢＢ弾を飛ばすことに、大金を払うと、いわれたんだと、思いますね」

「しかし、どこの誰が、そんなことに、大金を払うんだ？」

　十津川が、いうと、亀井は、ニッコリして、

「それを、考えてみようじゃありませんか？　変に悩まないで、いろんなケースを、単純に考えてみようと思うのです」

「単純に考えるか」

「そうです。単純に、思いついたことを並べていけば、その中に、事件解決のヒントが見えてくるはずだと、気楽に考えるんです」

　と、亀井が、いった。

「もう一つ、いい残したことがある。カメさんは、木村豊も、中村浩介も金子義郎も、ガスガンかエアガンで、BB弾を飛ばすしか、能がないといったが、ただのBB弾じゃないんだ。この場合は、カラー弾だよ。それが違う」

「しかし、BB弾を撃つことに関しては、同じですよ」

「確かに、BB弾を、撃つのは同じだ」

十津川は、頷いて、自分も、コーヒーを黙って口に運んだ後で、急に、

「これから、三鷹に行ってみよう」

と、いった。

7

二人が、三鷹の商店街の中にある、岡田商店に入っていくと、二階に、オーナーの岡田と、二人の会員が、集まっていた。

三人とも、依然として、会員の二人、中村浩介と金子義郎の、消息がつかめなくて、心配しているのだと、いった。

そういえば、店の入り口は、閉まっていて、臨時休業の札が、かかっていた。

「警察は、二人が、何らかの事件に巻き込まれたと、考えているんですか？」

会員の一人、後藤が、十津川に、きいた。

「木村豊さんのことが、ありますからね。まだ、二人からは、何の連絡も、ありませんか？」

「ええ、ありません。時々、二人の携帯に、かけているんですが、かかりませんね。おそらく、電源を、切ってしまっているのだと思います」

岡田が、重い口調で、いった。

「中村さんと金子さんが、愛用していたガスガンか、あるいは、エアガンが分かれば、それを、見せてもらえませんか？」

亀井が、いった。

岡田がすぐ、二挺のガスガンを持ってきた。

「こちらは、中村君がよく使っていた、リボルバーです。そして、こちらのワルサーP38は、金子君が、この形が、好きだといって、よく、使っていました」

十津川は、リボルバーのほうを、手に取ってから、

「皆さんも、十年前から、こうした銃を使って、サバイバルゲームを、楽しんできたんでしょう？　素人の人間が、撃つのと、皆さんが撃つのとでは、どこが、違いますか？」

「そうですね」

と、いいながら、岡田は、もう一つの、ワルサーP38を手に取って、銃口を、壁にかかった標的のほうに、向けながら、

「今のガスガンは、性能がいいですから、誰が撃ったって、BB弾は、飛びますよ。ただ、われわれは、十年間もこうした銃を、持って遊んでいますから、初めての人に、比べれば、命中率は高くなると、思いますね」

「しかし、亡くなった木村豊さんは、三月十日の夕方、自由が丘の駅近くで、犬を狙って撃ったと思われるのですが、外しています」

と、亀井が、いった。

後藤が、笑いながら、

「犬というのは、敏捷《びんしょう》な動物ですからね。自分が狙われていると、知ったので、素早く逃げたんじゃありませんか？　それに、夕方で、辺りは、薄暗くなっていたとも、聞いていますから、木村君が撃ったBB弾が、犬に当たらなかったとしても、別に、不思議ではありませんよ」

「十年間、エアガンやガスガンを使って、BB弾を撃っていて、何か、得したことはありますか？」

亀井が、きいた。

三人は、顔を見合わせて苦笑していたが、岡田が、三人を代表するような形で、

「まあ、楽しいですよ。それだけですね。そのことで、何か、得をしたということはありませんね」

「それで金儲けができるという話、聞いたことが、ありますか？」

「金儲けですか」

ビックリした顔で、岡田が、オウム返しにいった後、

「これで、金儲けができるなんて話、聞いたことはありませんね。逆に、案外、お金がかかるので、心配なのは、むしろ、そのことのほうですよ」

と、いった。

第三章　二枚のポスター

1

岡田商店のオーナー、岡田社長から、十津川に、電話が入った。

「今朝、店に出たら、中村から、留守電が入っていたんですよ」

「中村というと、突然、サバイバルグループを辞めていった、二人のうちの一人、中村浩介さんですか？」

「ええ、そうです」

「留守電には、どんなメッセージが、入っていたんですか？」

「それが、どうにも、妙なメッセージでしてね。録音されたものを、書き留めたので、それを、読みますよ。『もし、俺に何かあったら、お願いだから、お伊勢さんに、参拝してくれ』、これだけです」

「間違いなく、中村さんの声でしたか？」

「間違いありませんよ。彼とは、もう十年以上の、つき合いですから、私が聞き間違えるはずは、ありません。あれは、中村の声です」

「もう一度、いって、くれませんか？」

「『もし、俺に何かあったら、お願いだから、お伊勢さんに、参拝してくれ』、これで全部です」

「『もし、俺に何かあったら、お伊勢参りをしてくれ』、そういってるんですね？」

「ええ、そうです」

「岡田さんが主宰している、サバイバルグループですが、何かあると、お伊勢参りをするような習慣とか、あるいは、ルールが、あるんですか？」

　十津川が、きくと、電話の向こうで、岡田が、笑った。

「そんなルールとか、習慣なんて、あるはずが、ないじゃありませんか」

「岡田さんは、今までに、お伊勢参りをしたことが、あるんですか？」

「いや、ありませんよ。僕は、お寺とか、神社を、お参りするのは、好きじゃありませんから」

「中村さんは、どうなんですかね？　お伊勢参りを、するような人ですか？」

「いや、彼も、そういうことは、しないんじゃないですかね。年に一度、明治神宮に、初詣に行くことは、あるみたいですが、彼が、信仰心が、篤《あつ》いということは、聞いたことが、ありませんから」

「中村さんの、そのメッセージが、留守番電話に入っていた。岡田さんは、これから、お伊勢参りをするつもりですか？」

十津川が、きくと、岡田は、また、電話の向こうで、笑って、

「お伊勢参りに、行ったりはしませんよ。中村のメッセージは、もし、俺に何かあったら、といっているんですよ。まだ、彼に何かあったと、決まったわけじゃありませんからね」

岡田は、冷静な口調で、いった。

2

電話を切った後、十津川は、しばらく、考えていたが、立ち上がると、三上本部長に、会いに行った。

「これから、伊勢に行ってきたいと、思うのですが、許可していただけませんか？」

十津川は、三上に、いった。

「いやに唐突だが、捜査に必要なのかね？」

「必要だと、私は、考えています」

「その理由を、いいたまえ」

「私たちは、今、自由が丘の駅近くで殺された、木村豊、二十九歳の事件を、捜査中です。その木村豊と、同じサバイバルグループに、属していた男が二人、突然、グループを辞めてしまいました。その二人のうちの一人、中村浩介という、同じ二十九歳の男ですが、今朝、自分たちの、リーダーである、岡田修という男の電話に、留守電が入れてあったんだそうです。その留守電には、もし、俺に何かあったら、お伊勢参りに、行ってくれというメッセージが、吹き込まれていたというんです」

「それで、君は、お伊勢参りに、行きたいというわけか？」

「そうです。お伊勢参りという、言葉の中に、事件のカギがあるような気がするんです」

「しかし、殺された、木村豊が死んでいたのは、東京の、自由が丘駅の近くなんだろう？　三重県の、伊勢神宮のそばじゃない」

「その通りです。しかし、今回の殺人事件と、お伊勢参りとの間には、何らかの関係があるような気がして仕方がないのです。現在、捜査は、壁にぶつかってしまっています。東京で調べている限り、捜査の突破口が、見つからないような気がして、仕方がありません。殺された木村豊は、携帯の予備電池を買い求めて、どこかに、旅行するつもりだったのではないかと、思われるのです」

「それが、お伊勢参りということかね？」

「そうではないかと、思っているのです」

三上本部長は、しばらくの間、考えていたが、

「捜査が行き詰っているのなら、私も、何とかして、突破口を開きたい。よし、いいだろう、亀井刑事を連れて、行ってきたまえ。ただ、向こうに行って、何の収穫もなかったら、すぐに、帰ってくるんだ。殺人の現場は、あくまでも、東京なんだからね」

と、いった。

十津川はすぐ、亀井を連れて、伊勢に向かった。

東海道新幹線で、名古屋まで行き、名古屋から特急「伊勢志摩《しま》ライナー」に乗り換える。

今日は、三月十八日、ウイークデイの上に、ゴールデンウイークには遠いので、車内は、七割ぐらいの、混み具合だった。

二人は、名古屋で買った、駅弁を広げ、少し遅い、昼食をとることにした。

「お伊勢参りをするのは、二十年ぶりぐらいの、気がしています」

亀井が、箸を動かしながら、十津川に、いった。

「私も、そんなもんだよ。確か、中学の時に、修学旅行で、お伊勢参りをした。それ以

来だからね」

「江戸時代の人は、一生の間に、一度は、お伊勢参りをしたい。そういう気持ちが、あったそうですね。当時は、新幹線も、この特急『伊勢志摩ライナー』もなかったから、お伊勢参りに行くといっても、大変だったと、思いますが」

「それでも、江戸時代、一年間に、三百万人以上の人が、お伊勢参りをしたという、記録があるそうだ」

「中村浩介という男の留守電のメッセージは、何でしたっけ？」

「『もし、俺に何かあったら、お願いだから、お伊勢さんに、参拝してくれ』というものだったと、岡田商店の社長が、いっていた」

「どうして、お伊勢参りなんですかね？　中村浩介という、二十九歳の男ですが、それほど、信心深くはないように、聞いているんですが」

「そうらしいね。岡田社長も、どうして、中村浩介が、そんなメッセージを、留守電に残したのか、全く分からないと、いっていた」

「警部、食事が、お済みになったのなら、弁当の空き箱を、捨ててきますよ」

亀井が、立ち上がると、食べ終わった駅弁の容器を、ビニールの袋に入れて、デッキのゴミ箱に、捨てに行った。

戻ってきた亀井に、十津川は、

「ありがとう」

と、いってから、これも、名古屋駅で買った、ウーロン茶を、差し出した。

亀井は、旨《うま》そうに飲んだ後、

「お伊勢参りというと、例の、ゴールデンレトリーバーは、今頃、どの辺を、歩いているんですかね？」

「浜松の町を、歩いていたところまでは、確認されているみたいだ」

「もう浜松ですか？　ずいぶん、頑張っているじゃありませんか？」

「だから、ウチの奥さんも、上機嫌だよ」

と、十津川は、笑った。

近鉄特急を、宇治山田《うじやまだ》で降りる。

アンティークな、古い駅舎である。

観光案内によると、ここから、内宮行きのバスに乗り、神宮会館前で、降りるといいと、書いてある。そこまで十五分。

駅舎を出ようとした時、

「あれを、見てくださいよ」

亀井が、駅舎の壁を、指さした。

そこには、大きなポスターが、貼ってあった。

東京から、お伊勢参りに出発した、ゴールデンレトリーバー、茶々の、写真である。

写真の下には、こんな文章が、書いてあった。

〈このゴールデンレトリーバー・茶々は、三月十日に、東京を出発して、現在、お伊勢参りの途中です。もし、この犬を、見かけたら、脅かしたりせずに、ぜひ、励ましてやってください。

犬にお伊勢参りをさせる会　事務局〉

「なるほどね」

と、十津川は、笑顔になって、

「東京を出発する時には、大したニュースにならなかったが、少しずつ、テレビや、新聞に、取り上げられて、有名になってきているんだ」

「そのようですね。もし、無事に、この茶々が、伊勢神宮に着いたら、賢い犬だと、いうことになって、大きなニュースに、なるんじゃありませんか？」

二人は、駅前のバス停から、内宮行きのバスに乗った。

神宮会館前で、バスを降りる。

目の前が、国道二十三号線、御幸《みゆき》道路である。

その道路を歩いていくと、いちばん賑《にぎ》やかな、おはらい町通りや、観光横丁といった感じの、おかげ横丁が近い。

お伊勢参りに来た人々が、ぞろぞろと、歩いている。

二人はまず、名物の、赤福餅を食べることにして、五十鈴《いすず》川沿いにある、赤福の本店まで歩いていった。

一時、赤福は、営業を停止したこともあったが、いまは商売を、再開している。

赤福本店に行くと、相変わらず、人々で、ごった返していた。何とか、川沿いの、床几《しょうぎ》に、腰を下ろすことができて、運ばれてきた赤福餅とお茶を、五十鈴川を、見ながら、食べることになった。

「これから、どうしますか？　お伊勢参りをしますか？」

亀井が、きく。

「お伊勢参りもいいが、その前に、やっておきたいことがある」

十津川は、ポケットから「おはらい町散歩」というＡ４の地図を取り出した。

「そんなものを、どこで、手に入れたんですか？」

「宇治山田駅に、たくさん、積んであったよ」

「迂闊《うかつ》でした。全く気がつきませんでした」

「その代わり、君は、例の、お伊勢参りの犬のポスターを、見つけたじゃないか」

と、十津川は、笑ってから、その地図を、二人の間に、広げた。

「この地図によると、私たちは、五十鈴川に向かって建つ、赤福本店にいる。向こうに見えるのが、五十鈴川に架かる新橋で、あれを渡っていけば、伊勢神宮の、内宮に行ける」

「ここは、昔は、参宮街道と、いったようですね。道の両側には、ずらりと、土産物店や郵便局、銀行などが並んでいます。ここを通って、前方にある宇治橋を渡って、お伊勢参りをしたみたいですね」

「われわれも、後で、宇治橋を渡って、お伊勢参りをしてみよう」

「ここに、さっき通ってきた、おかげ横丁がありますね」

「何でも、赤福の社長が、お金を出して、観光客のために、新しく、レトロな店を、周辺に作ったらしい。今では、観光客が、集まっている名所みたいだから、後で行ってみよう」

「そこで、何をするんですか？」

「そこで働く人や、観光客の話を、聞きたいんだよ」

「それが、捜査の参考に、なりますか？」

「自信はないが、なるような、気がしている」

「どうしてですか？」

「私たちは、三月の十一日に、自由が丘駅の近くで、死体で見つかった、木村豊の殺人事件を、捜査している」

「木村豊は、東京で、殺されていたんです。ここは、東京ではありません。三重県の、伊勢市ですよ」

「その木村豊が、所属していた、サバイバルグループの中から、二人の男が、突然、脱退して、姿を消してしまった。その一人、中村浩介が、リーダーの、留守番電話に、自分に、何かあったら、お伊勢参りをしてくれと、メッセージを残した」

「われわれも、それで、伊勢に来たわけですが、ここで、何を調べたらいいのかが、分かりません。警部は、何か、目星が、ついているんですか？」

「サバイバルグループを辞めて、姿を消したこの二人は、ひょっとすると、伊勢に行こうとしているのではないか？　だから、あんな、妙な留守番電話のメッセージを、残していった。殺された木村豊も、伊勢に行くつもりだったのではないか？　今、そんなふうに、考えているんだ」

「警部の想像が当たっていて、この三人が、本当に、伊勢に、行こうとしていたとしてですが、この伊勢で、何を、しようとしていたんでしょうか？　その辺が、分かりません」

「分からないから、この辺りを歩き回りたいんだ」

十津川は、そういって、腰を上げた。

3

おかげ横丁の周辺は、ウイークデイにもかかわらず、観光客で賑やかだった。真新しいが、アンティークな、昔風の建物が、横丁の周辺に、集まっている。いろいろな店がある。

赤福の本店があり、支店があり、抹茶や和菓子の喫茶店がある。伊勢かまぼこの店がある。手作りケーキの店がある。こんにゃく作りを体験できる店がある。伊勢たくあんを売っている店、人形の店もある。

江戸時代そのままの造りの、おかげ座という、芝居小屋がある。中は歴史館になっている。

横丁棋院というのは、囲碁の楽しめるサロンだ。

豪華な、模擬店の集まりというような感じがする。店を覗《のぞ》いても楽しいし、買い物をしても楽しい。だから、観光客が、集まってくるのだろう。

二人の刑事は、歩き回った末、芝居小屋のそばにある、「つぼや」という店の床几に、腰を下ろすことにした。

煙管《キセル》で一服できる形になっている。一服百円。少しばかり、高いと思ったが、十津川と亀井は、煙管を借りて、それに、刻み煙草《タバコ》を詰めてもらい、火をつけた。

店の前に出された、床几に腰を下ろして、煙管を吹かしていると、何となく、昔に返ったような気がしてくるから、不思議だった。

隣には、なぜか、宝くじ売り場があって、大きなカエルの置物がある。その口の中に、手を入れて、ここで、宝くじを買うと、当たるらしい。

それを、信じてか、あるいは、面白がってか、観光客が四、五人集まって、何枚か、宝くじを買っていた。

「向こうの壁に貼ってある」

小声で、十津川が、いった。

亀井が、そのほうに、目をやると、宇治山田駅で見たのと、同じポスターが、貼ってあった。

お伊勢参りに行く茶々のポスターである。

十津川は、店番をしている、三十代の女性に向かって、

「あのポスターですが、どうして、そこに、貼ってあるのですか？」

「先日、東京から、お見えになった方が、このポスターを、貼らしてくれと、おっしゃ

ったんで、貼ったんですよ」

「どういう人ですか？」

「確か、名刺を、いただきました」

女性店員は、そういって、奥から、名刺を持ってきて、見せてくれた。

その名刺には、

〈犬にお伊勢参りをさせる会　事務局　小原実《みのる》〉

と、あった。

住所は、あの、小原サービス社長の、自宅の番地と、同じだった。

「しかし、神宮の中には、犬や猫が、入っちゃいけないんじゃないですか？」

亀井が、きいた。

「そうなんですけど。何でも昔は、犬の、お伊勢参りがあったそうで、この横丁の中では、賛成する人もいるので、ポスターを、壁に貼っているんです」

「それじゃあ、この店の、経営者は、犬や猫が、お伊勢参りを、するということに、賛成なんですね？」

「ええ、でも、奥さんは、反対なんですよ。だから、向こうに、反対のポスターも、貼ってあります」

と、女性店員が、教えてくれた。

なるほど、少し離れた場所に、犬のお伊勢参りに、反対するポスターが、貼ってあった。

大きな犬の絵に、赤で、バッテンが書かれてあり、

〈犬のお伊勢参りは、いけません〉

大きな字がある。

〈犬に信心の心があるなどというのは、ウソです。神聖な境内に、犬や猫を入れては、絶対にいけません。もし、妙な犬が、見つかったら、すぐ、こちらに、電話してください。引き取りに参ります〉

と、あり、携帯の電話番号が、載っていた。

署名は、黒田勲《くろだいさお》となっていた。

「反対のポスターですが、どういう人が、持ってきたんですか？」

十津川が、きいた。

「そのポスターの方には、お会いしたことがないんですよ。ウチの奥さんが、それを持ってきて、こういうポスターがあるから、貼っておきなさい、犬のお伊勢参りに賛成のポスターだけでは、不公平になるから。そういって、貼っていかれたのですよ」

と、女性店員が、いう。

「これと同じポスターが、ほかの店にも貼ってありますか？」

「ええ、何軒かありますよ」

といって、その一つを、紹介してくれた。

五十鈴茶屋という名前で、抹茶と季節の和菓子を、食べさせてくれる店だという。

二人は、その店に、行ってみることにした。

さっき二人が、赤福を食べた赤福本店の隣にある店で、若い女性客の姿が多かった。

二人は店に入り、桜餅と抹茶を注文した。

それを、食べながら、店の中を、見回すと、なるほど、奥に、二枚のポスターが、貼ってあった。そのポスターの下のほうに、星取表みたいに赤い丸が、何個かついていた。

十津川は、女性店員に、二つのポスターについて、きいてみた。

女性店員は、笑いながら、

「前は、ああいうポスターは、貼らないことにしていたんですよ」

「どうしてですか？」

「お伊勢さまの境内には、犬や猫が、入ってはいけないことに、なってますから、ああいうポスターには、意味は、ありませんものね。最近になって、あの、茶々という犬の写真が、新聞に載ったりして、お客様が、もし、お伊勢参りの犬が来たら、どうするんだとか、現れたら、見てみたいという人が、多くなったので、ああいうポスターを、貼り出すようになったんです」

「二枚のポスターの、下のほうに、星取表のような、赤い丸がついているけど、あれは何なの？」

「ここに来る、お客様に、犬が、お伊勢参りをすることについて、賛成か、反対かを、聞いて、赤丸をつけているんです。今のところ、あの茶々という犬が、可愛いというので、犬のお伊勢参りに、賛成という方が、少し優勢ですけど」

女性店員が、笑った。

「反対のポスターだけど、誰か持って来たわけですね？」

と、十津川が、きいた。

「ええ、三月の、十四日か十五日に、このおかげ横丁に来て、あのポスターを、置いていったんです。店に貼らなかった人もいるみたいですけど、ウチは、前に、賛成のポスターを貼っているので、反対のポスターも貼りました」

「どんな人が、持ってきたんですか？」

「女性二人が、組になって、この、おかげ横丁やおはらい町通りを歩いていたそうですよ」

「女性が、二人ですか？」

「ええ、和服姿で、二十代から、三十代の女性でした。お二人とも、とても、きれいな方でしたよ」

と、女性店員がいった。

「この電話番号に、電話をかけたことは、ありますか？」

亀井が、きくと、

「いえ、かけたことは、ありません」

「もし、その犬を、見つけたら、ここに、電話してくれと書いてありますね。電話したら、この黒田勲という人は、いったい、どうするつもりなんだろうか？」

「女性二人で、ポスターを配っていたので、私は、そのことを、聞いてみました。そうしたら、そのポスターにもある通り、すぐ、引き取りに来ると、そう、おっしゃいましたよ」

と、女性店員が、いった。

十津川は、自分の携帯を、取り出して、ポスターにある電話番号にかけてみた。

少し間を置いて、

「もしもし」

という、男の声が、出た。

「ポスターを見た者ですが」

と、いうと、

「ありがとうございます。こちらは、『犬のお伊勢参りに反対する会』の、事務局です。今、どちらから、電話をおかけですか？」

と、相手が、きいた。

十津川は、笑いかけて、慌てて、その笑いを噛《か》み殺した。

（もう一つのポスターが『犬にお伊勢参りをさせる会事務局』とあるから、似たような会の、名前をつけるものだな）

と、思って、笑いかけてしまったのである。

「今、伊勢市の、おかげ横丁にある店から、電話しているんですが、そこに、ポスターが貼ってありましてね、もし、お伊勢参りをする犬を、見つけたら、どうすれば、いいんですか？」

十津川が、きくと、相手は、

「こちらに、お電話くだされば、すぐ、その犬を、引き取りに参ります」

と、いう。

「しかし、おたくの犬じゃないでしょう？　他人の犬を、勝手に、連れていってもいいんですか？」

「もともと、犬猫が、お伊勢参りすることに反対ですからね、伊勢神宮のほうは。だから、それを、させないために、引き取るんですし、こちらで、殺すわけではありません。飼い主に、返すことにしてますよ」

「今、お伊勢参りをしようとしている、茶々という犬の、飼い主のことは、知っていらっしゃるんですか？」

「ええ、新聞に出たから、知っています。今もいったように、犬は、飼い主の方に返すことにしています」

と、繰り返した。

「あなたは、この会の代表者の、黒田勲さんですか？」

十津川が、きくと、

「いえ、私は、事務局の受付をやっているだけの人間です。代表者の、黒田勲ではありません」

といって、電話を切った。

十津川は、このあと、店員に、用意してきた中村浩介と金子義郎の、写真を見せて、

「最近、この人たちが、店に来たことはありませんか？」

前の「つぼや」で一服した後も、同じ写真を見せて、そこの店員に、きいたのである。

その時は、来たことがないと、否定された。

こちらの店の女性も、しばらく、二人の男の写真を見ていたが、

「ここに来たことは、ありませんね」

と、いった。

このあと、十津川たちは、おかげ横丁の何軒かの店で、同じ質問をしたが、中村浩介と金子義郎の、二人を見たという答えを、得ることはできなかった。

どうやら、中村浩介も金子義郎も、まだ、この伊勢には、来ていないらしい。

次に、二人は、神宮会館に行って、伊勢神宮について、詳しい人に、話を聞きたいと、頼んだ。

紹介されたのは、大崎要《おおさきかなめ》という、五十歳で、兄が、今も、伊勢神宮で、神官をやっているという、男だった。

十津川は、正直に、東京の警視庁の人間だと伝え、大崎に、警察手帳を、見せた。

「実は、たまたま、非番になったので、前から来たいと思っていた、伊勢に来てみたのです。ただ、伊勢神宮のことを、ほとんど知らないので、いろいろと、お話を伺いながら、内宮に、お参りしたいのです」

「そうですか。じゃあ、早速、参りましょうか」

大崎は、気軽な調子でいうと、立ち上がった。

出かける前に、大崎は、一枚のしおりを、二人にくれた。

そこには「第六十二回神宮式年遷宮」と書かれていた。

「二十年ごとの遷宮だそうですね」

十津川が、いうと、

「次は、平成二十五年に、遷宮が行われます」

そのしおりの裏に、「式年遷宮のご奉賛のお願い」と、書かれている。

さらに、

〈第六十二回式年遷宮の、御造営資金のご献納は、内宮または、外宮の神楽殿《かぐらでん》で、受付けています〉

とも、書かれている。

振込先の、電話番号や郵便振替の番号が、書いてある。

「遷宮というのは、どのくらいのお金がかかるものなのですか？」

十津川は、外に出て、歩きながら、大崎に、きいた。

「五百五十億円と、いわれております」

「大変な金額ですね。それで、こういう、『ご奉賛のお願い』のしおりを、配っているわけですか？」

「昔の日本ならば、国家神道でしたから、全ての費用は、国が持ちました。しかし、今は、そういうわけには、いきません。それで、国民の皆さんに、ご奉賛を、お願いしているわけです」

いていった。

と、大崎が、いった。

三人は、おはらい町通り、昔の参宮街道を、宇治橋に向かって、ゆっくりと、歩いていった。

「さっき、ここの、おかげ横丁の店で、お茶とお菓子をいただいたんですが、壁に、お伊勢参りをする犬の、ポスターが貼ってありました」

「そうですか、あれを、ご覧になりましたか？」

「反対のポスターも、貼ってありましたね。このあたりの人たちは、どう思っているんですかね？　犬のお伊勢参りに、賛成なのか、それとも、反対なんでしょうか？」

「心情的には、犬が、お伊勢参りするのを見てみたいんじゃありませんか？　何といっても、楽しいですからね。ただし、一応は、禁止されています」

「神官の中には、賛成の人が、いるようにも聞いたのですが」

「そうですね、うちの兄は、神官を、やっていますが、その兄でさえ、犬に、参拝させてもいいじゃないかという考えです。江戸時代に、犬が、お伊勢参りをしたという記述もありますからね」

「私も、その記事を、読んだことがあるんですが、本当なんでしょうか？　それとも、面白がって、ウソを、書いているんでしょうか？」

「おそらく、本当のことだと、思いますね。お伊勢参りに来た犬を、大事に扱ったと、書いてありますから、ウソではないと、思います」

大崎が、いった。

五十鈴川にかかる、宇治橋が見えてきた。橋の両側に、鳥居が立っている。

こちら側には、見張所があった。

「もし、お伊勢参りの犬が来て、この橋を、渡ろうとすると、ここで、止められるわけですね？」

「そういうことに、なりますね。ここで、その犬を、一時預かっておくということに、なるはずです」

三人は、五十鈴川にかかる宇治橋を、ゆっくり渡っていった。

境内に入ると、鬱蒼《うっそう》とした森の中に、入ったような気がする。空気も、何となく、ヒンヤリしている。

大崎に、案内されて、まず、一の鳥居をくぐる。そして、二の鳥居をくぐる。

そうやって、鳥居をくぐるごとに、本殿と呼ばれる御正宮《ごしょうぐう》に、近づいていくことに、なるわけである。

二の鳥居をくぐったところに、神楽殿があった。さっきの、しおりの中にあった、郵便振替の振込先として、書かれてあった場所である。

「ここで御神楽を奉納したり、ご祈禱《きとう》をしたりします。もし、お札や、お守りが、必要ならば、ここで買ってください」

と、大崎が、いった。

「一つ、質問していいですか？」

立ち止まって、十津川が、いった。

「どうして、この皇大神宮《こうたいじんぐう》には、おみくじが売ってないんですか？　神社というと、普通は、どこでも、おみくじを売っているものですが」

「その質問は、いろんな方から、よく受けるんですよ。皇大神宮では、なるべく迷信などを排除しようということに、なっていましてね。それで、おみくじは、売っていないのですが、質問には、こう答えることにしています。ここは、天照大神《あまてらすおおみかみ》を、お祀《まつ》りしているので、天照大神は、どなたにも、公平に幸福をもたらす神様だから、そういう、運、不運のあるようなおみくじは、売っていません。そう、答えることにしています」

と、大崎が、いった。

さらに先へ進むと、四重の垣根に囲まれた御正宮についた。よく、ガイドブックなどの写真で見る、唯一神明造《ゆいいつしんめいづくり》という、古代様式の屋根が見えた。

中には入れないので、鳥居の前で、二拝二拍手一拝の、お参りを済ませた後、その隣を見ると、広い空き地が見えた。

「ここに、用意された土地に、平成二十五年に新しい社殿が、移されます」

大崎が、教えてくれた。

「さっき、遷宮には、五百五十億円もかかると聞きましたが、その準備に、何年も、かかるんじゃないんですか？」

十津川が、きくと、

「ええ、準備に、八年かかります。それから、檜《ひのき》の木が一万本」

大崎が、いう。

お伊勢参りを済ませて、神宮会館に戻ると、大崎は、寛《くつろ》いだのか、お茶を、飲みながら、お伊勢さんにまつわる、面白い話も聞かせてくれた。

「これも、よくきかれるのですが、お伊勢さんが、神道ですからね。もし、仏教のお坊さんが、お参りに来たら、どうするのか？　中に入れるのかと、きかれますね」

「どうするんですか？」

「明治の初めまでは、お坊さんは、さっきの宇治橋を渡ることも、許されませんでした。五十鈴川の向こう側の決められた場所で、参拝することに、なっていたのです。今は、お伊勢さんを尊敬する志さえあれば、お坊さんでも、お参りしてもいいことになっていますけどね。昔は、仏教と神道の区別が、大変でした」

と、大崎が、いった。

「さっき、二十年ごとに、建て替えるということで、新しい敷地も、ご覧になったでしょう？　敷地は、東西に、二カ所あるんですよ。今は、東です。それで、内宮の本殿が東にある時には、世の中は平和、西にある時には、戦乱があると、そう、いわれているんです」

大崎が、いった。

大崎の話によると、幕末には、西にあった。その時には、黒船が襲来したり、戊辰《ぼしん》戦争が、あったりして、世の中、騒然としていた。

次の二十年は、東にあったので、文明開化の世の中で、人々は、喜んでいた。

そのほか、大正時代に、東にあった時は、大正ロマンが栄え、昭和四年からは、西に移ったので、世界大戦が、起きた。

戦後では、昭和二十八年から、東にあったので、日本は、高度経済成長の、世の中になった。

昭和四十八年に、西に移ると、オイルショックがあったり、湾岸戦争が起きたと教えてくれた。

「現在、東にあるわけですよ。平成二十五年に、西に移りますよ。そうすると、世の中は、やかましいことに、なるんですか？」

十津川が、きくと、大崎は、

「そうならなければ、いいと、思っていますがね」

とだけ、いった。

最後に、十津川は、大崎に、向かって、

「これは、答えにくいと、思うのですが、どうしても、お聞きしたいことがありましてね。さっき、式年遷宮について、ご奉賛のお願いというのが、ありましたが、東京の小原サービスという会社の社長さんが、式年遷宮に、多額の献金を、しているんじゃありませんか？　そうなっているかどうか、教えていただけませんか？　もう一人、黒田勲という人ですが、こちらも、式年遷宮に対して、多額の献金を、しているのではないかと、思うのですが、この名前も、ありますか？」

案の定、大崎は、当惑した顔になって、

「大変、申し訳ありませんが、そういう、個人のプライバシーに、関することは、お教えできないことに、なっているんですよ」

と、いう。

「実は、非番で、こちらに来たと、さっき申し上げたのはウソで、東京で起きた殺人事件の捜査を、しています。それで、今の質問を、したのですが」

「その殺人事件に、小原サービスの社長さんとか、黒田勲さんという人が、関係しているということですか？」

「いや、そこまでは、いっていません。関係しているのではないかという、疑いがあるだけです。無理にはお願いできないのですが、ただ、この二人が、式年遷宮で、献金しているかどうかだけを、お教え願えればいいのです」

十津川は、遠慮がちに、いった。

大崎は、奥に入って、誰かと、相談しているようだったが、戻ってくると、

「さっき、宇治橋を渡りましたね。四年前に、あの宇治橋の、改修をしているのです。その時に、今、刑事さんがいわれた、小原さんと黒田さんですが、個人の名前で、多額の寄付を、していただきました。また、おかげ横丁などに貼ってある、例の、ポスター二枚ですが、小原さんと、黒田さんに、電話したところ、式年遷宮についても、来月の一日に、多額の、ご奉納をしたいと、約束してくださいました。申し訳ありませんが、その金額については、申し上げられません」

と、教えてくれた。

「もう一つ、教えてください」

と、十津川は、いった。

「黒田勲さんのほうは、犬に、お伊勢参りを、させてはいけないという考えのようですから、構わないと、思いますが、小原さんのほうは、犬に、お伊勢参りを、させるという考えですよ。小原さんから、式年遷宮に対して、多額の寄付を受けた場合、犬のお伊勢参りは、許可するんですか？」

「そうですね。さっきも、いいましたが、私の兄は神官なのに、犬に、お伊勢参りをさせても構わないという意見ですからね。その時には、いろいろと、考えるのではないでしょうか？」

その後、十津川は、大崎に、

「時間が、遅くなってしまったので、今日は、この近くに、泊まろうと思うのですが、どこがいいですかね？」

「日本旅館が、いいのですか？　それとも、ホテルがいいですか？」

「できれば、ホテル形式をお願いしたいですね」

「刑事さんは、鳥羽《とば》というところを、ご存知ですか？」

「ええ、まだ、行ったことは、ありませんが、海のきれいなところと聞いています」

「その海に面して、ホテルがあります。ここから、車で二十分です」

と教えられ、十津川と亀井は、そこに泊まることにした。

4

二人は、タクシーで、鳥羽に向かった。

鳥羽湾に面して、露天風呂のあるKホテルである。

二人が、ロビーに入っていくと、

「あなた！」

という女の声に、びっくりした。

振り向くと、そこにいたのは、十津川の妻の直子だった。

直子は、同年輩に見える女性と、一緒だった。

「こちらは、ゴールデンレトリーバーの会で知り合った、斉藤《さいとう》かおりさん」

と、夫に、紹介した。

「君は、どうして、ここにいるんだ？」

十津川が、きくと、

「私こそ、あなたと亀井さんが、どうしてここにいるのか、不思議な気がするわ。だって、東京の事件を、捜査していたんでしょう？」

「東京の捜査だがね、どうも、伊勢に関係がありそうなので、カメさんと二人で、今日一日、伊勢市で、聞き込みをやっていたんだ」

と、十津川は、いった後、

「それで、君のほうは？」

「グループの会長の、小原さんの茶々が、お伊勢参りすることに、なったじゃない？その茶々が、とうとう、浜名湖《はまなこ》まで行ったというので、みんなで、万歳したんだけど、それに、反対する人がいて、何でも、伊勢の町まで、茶々がたどり着いたら、お伊勢参りをさせないで、捕まえようという、そんなポスターを貼って歩いていると、聞いたのよ。そんなことをされたら、茶々が、かわいそう。だから、実状はどうなっているのか、明日、伊勢へ行って、調べてみようと思って、斉藤かおりさんと一緒に、ここに来たのよ」

と、直子が、いった。

立ち話をしていても、仕方がないので、十津川は、二人を、ロビーの中の、ティールームに連れていって、四人でコーヒーを飲みながら、今日、伊勢で見たことを、直子に、話すことにした。

「向こうに、おかげ横丁というのがあってね、大変な人気で、観光客が、たくさん集まっているんだ。ある店の壁に、今、君がいったポスターが、貼ってあった。お伊勢参りの犬を見かけたら、内宮の境内には、絶対に入らせないで、捕まえて連絡してほしい。すぐ、引き取りに行く。そんなことを、書いたポスターだった」

十津川が、いうと、直子は、眉をひそめて、

「やっぱり、あのウワサは、本当だったのね。邪魔する人がいるんだ」

「しかし、犬のお伊勢参りに、賛成のポスターも、貼ってあったよ。あれは、たぶん、小原さんが、作ったんじゃないかな？」

「それで、伊勢の人は、どうなのかしら？　反対なの？　それとも、賛成なの？」

「犬のお伊勢参りに、賛成の人のほうが、わずかだが、反対の人より多いらしいよ」

「それを聞いて、少しホッとしたわ」

「しかし、今のところ、伊勢神宮は、反対しているからね。茶々が現れても、はたして、お伊勢参りが、できるかどうか、分からないよ」

　と、十津川が、いった。

「でも、会長の小原さんが、いっていたわ。江戸時代は、犬が時々、お伊勢参りをして、伊勢の人もみなさん、それに、賛成だったんですって」

「その話は、向こうでも、聞いたよ」

「それに、カラスや、ほかの鳥なんかは、勝手に、お伊勢さんの境内に、入っていくわけでしょう？　もし、犬や猫が、いけないというんなら、カラスやハトだって、入らせないようにしたらいいんだわ」

　少しばかり、関係のないことを、直子が、いった。

「それで、会長の小原さんなんだがね」

「ええ」

「平成二十五年に、伊勢神宮が、式年遷宮をする」

「ええ、知っているわ。二十年ごとに、新しく別の場所に、建設するんでしょう？」

「昔は、国家的な事業として、やっていたが、戦後は、国が、ある宗教だけを、支持するのはおかしいとなって、伊勢神宮自身が、やることになった。小原さんは、その遷宮に、多額の献金をするみたいなんだが、そのことを、君たちに、話したことはないかな？」

十津川が、きくと、そばにいた、斉藤かおりが、

「いつだったか、そのことで、小原さんにきいたことがありますわ」

「小原さんは、どう、いっていましたか？」

「茶々が、無事に、お伊勢参りができたら、今回の式年遷宮に、多額の、献金をしてもいいと、おっしゃっているのを、聞いたことがあります」

かおりが、いった。

「やっぱり、遷宮に、多額の献金をするつもりなんだ」

十津川が、うなずくと、亀井が、

「しかし、条件つきのようですね。自分の愛犬の茶々が、無事に、お伊勢参りをしたらという条件が、ついていますよ」

十津川は、二人の女性に、向かって、

「小原さんから、黒田勲という名前を、聞いたことが、ありませんか？」

「それ、どういう人なの？」

直子が、きき返す。

「黒田さんというのは、犬の、お伊勢参りに、反対している人なんだ。おかげ横丁の店に、反対のポスターが、貼ってあったと、いっただろう？　そのポスターに、書いてあったのが、黒田勲という名前だったんだ。ひょっとすると、小原さんと、張り合っているような人かもしれない。そう思ってね。黒田勲という名前、聞いたことが、ありませんか？」

十津川は、斉藤かおりにも、きいた。

二人の女性は、顔を見合わせて、考えていたが、

「黒田勲さんですか」

かおりが、頼りなさげに、つぶやく。

直子が、

「あ、あのポスター」

と、突然、大きな声を出した。

続けて、

「小原さんの家の、リビングルーム」

と、いうと、斉藤かおりも、

「ああ、あの時のポスター」

と、いった。

「犬の、お伊勢参り反対の、ポスターを見たのか？」

十津川が、きいた。

「ええ、茶々が、浜名湖まで、行ったというので、斉藤かおりさんと一緒に、小原さんの家に行って、おめでとうございますと、いったのよ。小原さんご夫婦は、私たちを、リビングルームに招じ入れて、コーヒーとケーキを、ご馳走《ちそう》してくれたの。その時に、何気なく、部屋の中を見回したら、リビングルームの壁に、犬のお伊勢参り反対の、ポスターが、貼ってあったの。確か、そのポスターに、黒田勲という名前が、あったような気がするわ」

と、直子が、いった。

「そのポスターが、伊勢市の、おかげ横丁の店にも、貼ってあるんだよ」

「そのポスターのことを、小原さんに、きかなかったんですか？」

亀井が、直子と、斉藤かおりにきいた。

「もちろん、ききましたよ」

と、直子がいう。

「そうしたら、世の中には、バカな奴《やつ》がいるものでねと、吐き捨てるように、いったので、よっぽど、そのポスターというか、ポスターにあった名前の人を、毛嫌いしているんだなと思って、それ以上、何も質問しなかったの」

「じゃあ、小原さんは、黒田勲という人を、知っているんだ」

「ええ、そう思うけど、どういう知り合いかは、分からないわ」

十津川は、最後に、直子に向かって、

「君たちは明日、伊勢に行くのだろう？　おそらく、その報告を、小原さんに、すると思うが、その時、黒田勲という人間について、きいてみてくれないか？」

と、いった。

第四章　ライバル

1

十津川の関心は、黒田勲という男に向けられていた。

今のところ、この男は、自分の飼い犬の茶々に、お伊勢参りをさせようとする小原実に対抗して、犬のお伊勢参りに反対する会の会長を、務めているらしいということしか、分かっていない。

妻の直子たちの、話によれば、小原の家には、黒田が作ったポスターが貼られており、小原は、並々ならぬ、敵愾心《てきがいしん》を、黒田勲に対して、持っているらしい。

翌日、妻の直子が、東京の小原社長の自宅に電話をかけ、黒田勲について、きいたという。

「今朝、食事の後で、小原社長さんに電話をしたの。伊勢にも、黒田さんの会のポスターが、貼ってありますよって、報告して、黒田さんって、どんな人ですかときいたら、あんな小さなヤツのことなんか、頭にはない。忘れてしまった。そんな返事だったわ」

直子は、十津川に、知らせてくれた。

「そんなふうに、相手を否定したいのは、それだけ、相手のことが、気になっているからなんだ」

「でも、これ以上、小原社長さんに、きいても、話してくれないと、思うけど」

「それは、私と亀井刑事が、東京に帰ってから、調べることにするよ」

十津川は、その日のうちに、直子たちと別れて、亀井と、急遽《きゆうきよ》、東京に戻った。

小原社長は、直子に向かって、あんな小物のことなんか、知るものかといったという。

相手が、本当に小物ならば、小原社長は、歯牙にも、かけないだろう。気になっているのは、相手が、小物ではなくて、大物だからなのではないのか？

そう考えて、十津川はまず、紳士録を調べてみた。

やはり、載っていた。

〈黒田勲　六十歳、伊勢市内の、旧家に生まれる。地元の高校を、卒業した後、上京してM大学経営学部を卒業。
父の正幸《まさゆき》氏が、一代で築き上げたジャパン物流株式会社に入社し、三十五歳で、社長に就任。長年の慈善活動によって表彰され、天皇主催の、春の園遊会に出席する。

現在、日本動物保護協会理事長、日本自然保護連合会理事長、世界文化交流関係団体理事長などを務める。

現住所、東京都世田谷区成城×丁目。家庭、妻、純子《じゅんこ》、五十五歳、長女、みどり（既婚）〉

「確か、小原実も、伊勢市の生まれだったはずですよ」

と、亀井が、いった。

「それに、同じ六十歳だから、ひょっとすると、二人は、小中高のどこかで一緒だったのかもしれない」

「もう一つ、共通点がありますよ。小原実も、確か、黒田勲と同じ、M大学、それも同じ経営学部を、卒業しているはずです」

と、西本刑事が、横から、いった。

「もしかすると、二人は、子供の時から、張り合っていたような、そんな、間柄かもしれませんね」

「いつだったか、小原実は、貧しい家の生まれだったと、聞いたことがある。それに比べて、黒田勲のほうは、伊勢市の旧家に生まれている。いわば、ボンボンだ。黒田勲は、そんなに、感じていなかっただろうが、貧しく生まれた、小原実は、小学校や、中学校が一緒だったら、黒田勲に対して、敵愾心のようなものを、抱いていたのかもしれないな」

2

十津川は、刑事たちに向かって、

「この件について、君たちに、もっと詳しく調べてもらいたい。二人は、伊勢市の、同じ小学校、同じ中学校、あるいは、地元の同じ高校を、出ているのかもしれないが、本当のことを、知りたいんだ。実際に、同じ小学校だったのか？　小原実が、もし、子供の時から、黒田勲を知っていたとしてだが、彼について、どう、思っていたのか？　そのことを、知りたいんだ」

刑事たちが一斉に、この二人について、調べ始めた。

捜査そのものは、それほど、難しいものではなかった。何しろ、小原実は、小原サービスの社長であり、黒田勲のほうは、ジャパン物流の社長である。そして、どちらの会社も、現在、東証一部に上場されている、一流会社である。

調査の結果、小原も黒田も、同じ伊勢市内の、市立伊勢第六小学校に、同じ年に入学し、六年間一緒に、学んでいた。ただ、中学校と高校は、別だということも分かった。

おそらく、小原実のほうが、同じ中学校や高校に行くことを拒否したのだろう。

現在も、伊勢市内に住んでいて、二人と、同じ時期に、伊勢第六小学校に通っていた、遠藤《えんどう》という男に、十津川は、電話で話を聞いた。

現在、遠藤は、伊勢市内の商店街で、息子と一緒に、日本そばの店をやっているということだった。

十津川が、伊勢第六小学校の頃のことを聞きたいというと、

「あの頃のことは、今でも、よく覚えていますよ。入学の時は、緊張していたけど、同じ年に入った中で、黒田勲は、最初から有名人でしたよ。何しろ、伊勢神宮の仕事をしている、旧家のボンボンでしたからね。万事、黒田は、おっとりしていましたね」

「小原実のことは、覚えていますか？」

「ええ、もちろん、覚えていますよ。小原は、私と同じで、貧乏人の子供だったから、覚えているんですよ」

「どんな子供でしたか？」

「俺なんかは、遊ぶほうが、得意だったけど、あの小原は、やたらと、勉強していましたね。たぶん、両親から、勉強して偉くなれと、いわれていたんじゃないかな」

「小原実と、黒田勲ですが、仲がよかったんでしょうか？」

「仲が悪いということは、なかったけど、だからといって、仲がよかったとも、いえないんじゃないかな。ボンボンで、よく、奢《おご》ってくれる黒田には、友達が、たくさん集まってたけど、小原のほうは、そうじゃなかった。今もいったように、一生懸命勉強して、試験の時は、ずいぶん、高い点を取っていましたよ。そういうのって、小学校ぐらいだと、人気がないんですよ。点取り虫とか、ガリ勉君とか、いわれてね」

「その頃から、二人が、意識し合っていたということは、なかったですか？」

「ボンボンの、黒田のほうは、小原に対して、別に、意識なんて、していなかったと思います。だけど、小原のほうは、負けず嫌いだし、両親に、お尻を叩《たた》かれて、勉強していたから、生まれつき金持ちの息子だった、黒田のことは、よく思ってなかったんじゃないかな。今になると、そんな気がしますね」

3

二人が卒業したM大には、電話できかずに、十津川は、亀井と二人で、出かけていった。

事務局で、小原実と黒田勲が、卒業した時の卒業写真を、見せてもらった。

その年の、卒業生は、全部で、二千六百人。小原と黒田は、同じ経営学部の卒業なので、一緒の写真に、収まっている。

卒業の時、二人が、書き残していった文章がある。それを、見せてもらった。

小原実のほうは、

〈資産日本一、名声日本一、影響力日本一、そんな人間になるつもりだ〉

とあり、黒田勲のほうは、

〈私は、子供の頃から父の影響を強く受けていた。もう一つ、影響を受けたのは、伊勢信仰である。

だから、私は、ずっと一貫して神を敬い、人の力になりたいと念じてきた。少しキザかもしれないが、この信条は、持ち続けたいと思っている〉

これが、二人の、大学を卒業する際の文章である。

「二人とも、対照的で、なかなか、面白い文章を残しているんだな」

十津川が、いうと、亀井は、

「私は、貧乏人の息子ですから、どちらかというと、小原実のほうに、親近感を、持ちますね」

と、いった。

事務局で、現在も東京に住んでいる、二人の同窓生の名前と住所、電話番号を、教えてもらった。

4

紹介されたのは、安藤《あんどう》と島田《しまだ》という同窓生だった。一人一人に話を聞いていたのでは、時間がかかってしまうので、十津川は、この二人に、捜査本部に、来てもらって、話を聞くことにした。

「現在、小原さんは、東京ゴールデンレトリーバーの会というのを作っていて、その会長をやっています。奥さんが副会長です。小原さんの飼い犬、茶々が今、お伊勢参りに、出かけていて、果たして、犬が、お伊勢参りができるのかどうか、それが、一つのニュースとして、話題になっているのですが、このことは、ご存知ですか？」

十津川が、いうと、

「ええ、知っていますよ」

と、安藤が、いい、島田は、

「小原から、電話があって、応援してくれといわれました」

と、笑った。

「どうして、小原さんは、自分の飼い犬に、お伊勢参りをさせようなどと、考えたんでしょうか？」

「それは、彼が、伊勢の生まれだからじゃないですか？」

と、二人は、いった。

「それだけのことで、果たして、犬に、お伊勢参りをさせようと、考えるでしょうか？」

二人は、今度は、すぐには答えず、しばらくの間、考え込んでいたが、安藤が、

「同窓生の黒田を、意識してのことじゃないかな？　そんな気がしますね」

と、いった。

「黒田さんも、確か、小原さんと同じ、伊勢市の、生まれでしたね？」

「ええ、そうです。ただ、同じ伊勢市ですが、生まれが、違っていました。黒田のほうは、最初から、資産家のボンボンで、小原のほうは、貧しい家に、生まれました。今、黒田はジャパン物流株式会社の社長で、小原も、小原サービスの社長を、やっていますが、学生の頃は、格差が、ありましたから」

安藤が、いうと、島田も、

「黒田のほうは、父親の代から伊勢神宮に、莫大《ばくだい》な、寄付をしていたんじゃないですかね。そんな話を、聞いたことがあります。同じ伊勢市に、生まれながら、小原のほうは、それが、できなかった。今になって、伊勢神宮のために、何かやりたい。あるいは、自分の名前を出したい。今度の遷宮に合わせて、何かやりたいと、考えているんじゃないかと、思いますよ。しかし、まともにやっては、黒田には、かなわない。何しろ、会社の規模が、違いますからね。遷宮に合わせて、寄付しただけでは、黒田に負けますから、一つ、面白いことを、やってみよう。そういう思いで、自分の飼い犬を、伊勢参りに、行かせたのでは、ないですかね。これで、彼の飼い犬が、伊勢参りに成功して、それに合わせて、寄付をすれば、黒田に勝てるかもしれないと、思っているんじゃないですか？」

「小原さんのほうは、大体、分かりましたが、黒田さんは、どうなんでしょうか？　小原さんに、対抗意識を持っているんでしょうか？」

亀井が、きいた。

「最初のうちは、小原のほうが、黒田に対して、やたらに、対抗意識を燃やしてましたがね。黒田は、金持ちケンカせずと、いったようなところがあると、僕なんかは、思っていたんですけどね」

安藤が、いった。

「最近は、違ってきましたか？」

と、十津川が、きいた。

「近く、伊勢の式年遷宮が、あるでしょう？　それで、少しばかり、黒田も、伊勢の生まれであることを、意識し出して、ライバル心が、起きてきたんじゃないですかね？」

「二人とも、式年遷宮には、莫大な、寄付をすると、思いますか？」

「するでしょうね。ただ、それだけでは、相手に勝てない。特に、小原のほうは、子供の時からの引け目が、ありましたからね。それで、自分の飼い犬のお伊勢参りを、考えたんじゃないかと、思いますね」

「しかし、私たちが、伊勢に行ったところ、犬のお伊勢参りに、反対するポスターが、あちこちに、貼ってありましたよ。しかも、そのポスターには、黒田勲さんの名前が、あったんです」

「そのポスターのことなら、よく、知っていますよ」

二人が、笑いながら、いった。

「正直にいいますとね」

と、十津川が、二人を見た。

「あの二つの、ポスターを見ていると、何だか、子供のケンカのようにも、見えるんですよ。しかし、それは、あくまでも、表面的なもので、本当は、もっと、根深いものが、あるんでしょうかね？」

「その辺のところは、僕たちにも、分かりませんよ」

と、安藤が、いった。

「しかし、お二人は、今でも、小原さんや黒田さんと、つき合っていらっしゃるわけでしょう？　その間、何か、感じることはありませんか？」

十津川は、再度、二人に向かって、きいてみた。

「小原が、黒田に、対抗意識を持っているのは昔からですし、遷宮の件で、対抗意識を持っているのは、分かっているんですが、問題は、黒田のほうですね」

島田が、いい、

「黒田が、あんな反対のポスターを、わざわざ出すなんて、今回の小原のやり方を、軽くは、見ていないんだと、思いますよ」

と、安藤が、答えた。

「問題は、黒田さんが、対抗意識を燃やして、これから先、何をやるつもりかということだと、思うんですよ」

と、亀井が、二人に、いった。

「反対のポスターを、貼る以上のことを、黒田さんは、やるでしょうか？」

「犬のお伊勢参りについては、あくまでも、反対するでしょうね。黒田は、日本動物保護協会の、理事長でもあるから、犬に、あんなことをさせるのは、犬に対する虐待行為だと、思っているかもしれません。そのことで、小原を、攻撃するかもしれませんよ。ただ、黒田は、ジャパン物流株式会社の、社長でもありますからね。社会的な立場を、考えると、あまり、むちゃなことはできないと思いますね」

島田が、いった。

「遷宮が近づいていて、お伊勢さんも、寄付を、募っているから、小原も黒田も、寄付の額を、競ったりするんじゃないかな」

「それは、当然やるだろう。でも、単純に、金額ということになると、小原は、黒田には、かなわないだろう？　自由にできる社長個人の金額だって、黒田のほうが、大きいに、違いないからね」

「それに、いくら寄付したという金額は、発表されないんじゃなかったかな？　そうなると、いくら、寄付を出しても、相手の寄付の額が分からないから、勝ったと、自慢することもできないよ」

そんな会話を、安藤と島田が、交わしている。

「どのくらいの額を、二人が、式年遷宮に寄付すると思いますか？」

十津川が、きくと、

「億単位の金額であることは、まず、間違いありませんね」

安藤が、いい、島田は、

「おそらく、最低でも、五億円ぐらいじゃないですか」

と、軽い調子で、いった。

「いくら何でも、そんな高額な、寄付をするでしょうか？」

「当然しますよ。何しろ式年遷宮ですからね。特に小原のほうは、前の遷宮の時には、そんなに、会社も儲かっていなかったので、黒田の足元にも、及ばなかったという話ですからね」

「前の遷宮の時って、今から、確か、十五年くらい前ですね？　その時、寄付の金額は、発表されないのに、どうして、小原さんが、黒田さんに負けたと、分かるのですか？」

「確かあの時、地元伊勢の新聞に、高額の寄付をしたということで、黒田の名前が、大きく載ったんですよ。ところが、小原のほうは、名前が、載りませんでした。たぶん、寄付をしたとしても、その金額が小さかったので、新聞社は、小原の名前を、載せなかったんだと思いますよ。だから、新聞記事だけを見れば、小原の、完敗なんですよ」

と、安藤が、いった。

「もう一度、お二人に、答えていただきたいのですが、今度の式年遷宮の時、黒田さんを意識して、小原さんは、高額の寄付をすると、思っていらっしゃるわけですね？」

「小原は、負けず嫌いだから、その気でいると、思いますよ。自分の飼い犬の、お伊勢参りだって、その一環だろうと、思っています」

と、島田が、いった。

「しかし、お二人とも、いくら、小原さんが頑張っても、黒田さんには、勝てないと、おっしゃいましたね。小原さんが、勝てない理由は、何ですか？」

「二人の会社の規模を比べても、黒田の会社のほうが、はるかに大きいですから、精一杯寄付をしたって、小原の場合は、五億円が、限度でしょう。黒田のほうは、おそらく、それ以上、寄付するでしょうから、どうやっても、小原は、黒田には、勝てないんですよ。飼い犬の、お伊勢参りですが、お伊勢参りに、成功したとしても、それは、一時的に話題になる程度のことであって、現在、犬や猫のお伊勢参りは、禁止されていますから、ヘタをすると、小原のほうが、マイナスになってしまうかもしれません。そんなことを考えると、小原が勝てる要素は、非常に、少ないと、いわざるを得ないんですよ」

と、島田が、いった。

「小原さんは、黒田さんに、勝てませんか？」

「そうですね。まず、無理でしょう」

安藤が、冷静な口調で、いう。

「しかし、小原さんは、ずっと、小さい時から、黒田さんには、対抗意識を、燃やしてきたわけでしょう？」

「それは、間違いないと思いますよ」

「その上、前の遷宮の時には、寄付金の額で、小原さんは、黒田さんに、一方的に負けたわけですよね？」

「まあ、完敗といっても、いいでしょうね」

「そのこともあるので、今度の遷宮のチャンスには、絶対に、負けるわけにはいかないと、小原さんは思っている。これは、間違いありませんね？」

「ええ、間違いないと思いますよ」

「話は変わりますが、小原さんは、頭がきれると聞きましたが」

十津川が、いうと、二人とも笑い、島田が、

「確かに、頭はいいですよ。それに、勉強家で、努力家ですからね。とにかく、卒業の時書き残した文章に、日本一の資産家、日本一の名声を得ると、書いた男ですからね。負けず嫌いと、いうことでいえば、尋常じゃないですよ」

「そんな小原さんが、わざわざ、自分の飼い犬に、お伊勢参りをさせていますが、どうして、そんなことを、始めたんですかね？」

「さっきも、いったように、マスコミに取り上げられて、自分の名前が、出ればいいと思っているんじゃ、ないですかね」

「しかし、万が一、成功しても、動物のお伊勢参りは、禁止されていますから、かえっ

て、小原さんの、マイナスになるのではないかと、さっき、いわれましたよね？　本当に、そう思いますか？」

「たぶん、失敗するでしょうね」

と、安藤が、いった。

安藤と島田の二人が、帰った後、十津川は、考え込んでしまった。

5

「二人の同窓生に、話を聞いたら、かえって、分からなくなってしまったよ」

十津川は、亀井に、いった。

「小原実の、行為がですか？」

「そうだよ。小原実と黒田勲の二人が、伊勢神宮の式年遷宮に絡んで、張り合っていることは、よく分かる。特に、小原のほうが、対抗意識が強くて、今度の遷宮では、黒田に勝とうと、思っている。その一環として、自分の飼い犬、茶々に、お伊勢参りをさせようと思っている。しかし、二人の同窓生の話では、小原が、黒田に勝てる可能性は、ほとんどないといっていた。そうなると、小原実が、いったい、何を、考えているのかが、分からなくなってきた」

「小原の飼い犬は、お伊勢参りに、成功するかもしれませんよ。それを、狙っているんじゃありませんか？」

「しかし、動物の、お伊勢参りは、禁止されている。成功しても、すぐに、茶々は捕まってしまい、飼い主の小原実は、マスコミに叩かれるのではないか？　そうなれば、完全に、マイナスだろう」

「しかし、犬が、お伊勢参りをしたとなれば、新聞やテレビ、週刊誌などが、大きく取り上げるでしょうし、これを機に、伊勢神宮側が、規則を変更して、動物の、お伊勢参りを許可することにでもなれば、それこそ、小原は、一躍、有名人に、なれますよ」

「しかし、それだけのことだろう。伊勢神宮のほうだって、いったん作った規則を、そう簡単には変えないと思うね。茶々のお伊勢参りが、成功すれば、もちろん、大きなニュースとして、取り上げられるだろうが、結局、伊勢神宮側は、動物の、お伊勢参りを、禁止し続けると、思うね。たとえ、世論が賛成に回っても、規則を変えるのは、おそらく来年からで、今年は、茶々が成功しても、伊勢神宮側は、それを、認めないに決まっている」

「警部は、茶々が、お伊勢参りに、成功するかどうかというよりも、もっと深いもの、もっと大きなものを、小原が、狙っていると、考えておられるんですね？」

「そうでなければ、飼い犬の、お伊勢参りなんて、計画しないと、思っている」

と、十津川が、いった。

「しかし、もっと大きなもの、というのが、分かりませんね。ほかに、何か、調べることはありませんか？」

「もう少し、黒田勲という男のことが、知りたいね」

と、十津川が、いった。

6

亀井が、きいた。

「黒田勲の何を、警部は、知りたいと思っていらっしゃるのですか？」

「例の、サバイバルグループのことを、考えているんだ。サバイバルグループの木村豊が、殺され、その後、会員の二人が、突然、グループから、離脱してしまった。殺された木村は、大物に、いわれたので、サバイバルグループを、辞めたといっていた」

「木村が、いっていた大物というのが、黒田勲ではないかと、考えておられるのですか？」

「もし、そうならば、捜査は前に進む。しかし、ああいうオタクのような若者が、黒田のことを大物だと、思うだろうか？」

「そうですね。彼らの世界では、大物とは思わないでしょう」

「そうなると、黒田には、もっと、ほかの肩書が、あるんじゃないかな？　日本動物保護協会の、理事長のような肩書もあるが、もっとほかの、オタクたちが、オーッと思うような、肩書だよ。私は、それが、知りたいんだ」

「至急、調べさせましょう」

亀井が、いった。

7

伊勢市の旧家に生まれ、父親の代からの、ジャパン物流株式会社の社長の、黒田勲には、十いくつもの、肩書があった。

その多くは、押しつけられたもので、ほとんどは、ジャパン物流社長としての、黒田の名前が、利用されているだけだった。名前を見ただけでも、つまらないということが、分かるような肩書も、少なくなかった。

十津川たちは、その十いくつもの肩書を、一つずつ、丹念に調べていったが、最後まで、十津川が、期待するような肩書は、見つからなかった。

「ありませんでしたね」

亀井が、小さく肩をすくめた。

「しかし、私は、まだ、何かあるような気がして、仕方がないんだ」

「しかし、黒田勲の使っている名刺の裏には、十いくつもの肩書が、書いてありますが、その中には、思わず、オーッという声が出てしまいそうな肩書は、一つとして、ありませんでしたよ。もし、黒田勲が、このほかにも、肩書を持っているとすれば、どうして、名刺に、書き込んでいないのでしょうか？」

「たぶん、代表者の名前が、違うんじゃないのかな？　ただ、スポンサーは、黒田勲なんだよ」

「どうして、そんなものを、作ったんでしょうか？」

「それは、黒田が、スポンサーである自分の名前は出したくない。しかし、実権は、自分が、握っていたい。そんなグループなり、会社なりを、作ったんじゃないのか？　そう思うんだがね」

「とにかく、探してみましょう」

と、亀井が、いった。

刑事が、そのために、動員されたが、これは、簡単な仕事では、なかった。何しろ、もし、それが、あったとしても、スポンサーの黒田勲が、自分の名前は、極力出さないものを、作ったと、思われるからである。

そこで、十津川は、別の角度から、探すことにした。例の、サバイバルグループのほうからである。

三人の会員が、突然辞めてしまって、そのうちの一人が、殺されてしまった。もし、黒田勲が、十津川の想像するような、会社なり、グループなりを、作っていて、三人の若者が、大物といっていたとすると、黒田勲は、エアガンやガスガンを使う、いわゆるオタクの若者を、必要としていたということに、なってくる。

都内にある、ガスガンやエアガンの店を、刑事たちは、片っ端から訪ねていった。そこにたむろする、いわゆる拳銃オタクたちに、当たってみた。

実際に若者たちに会って、話を聞いた。

上野《うえの》広小路にある、ガンショップを訪ねた西本と日下の二人が、こんな報告を、十津川にもたらした。

「この店に、新しいエアガンを、買いに来ていた、川村《かわむら》という二十八歳の男に、話を聞いたのですが、例の三人と同じように、誘われたというのです」

「具体的に、どんなふうに、誘われたんだ？」

「本人から直接、答えさせます」

西本は、電話口に、川村という青年を出した。

「十日ほど前だったと思います。夜、自宅でテレビを見てたら、男の声で、電話がかかってきましてね。君は、エアガンを、改造したりして、楽しんでいるらしいね。そんな君を、ぜひとも雇いたい。約二カ月間、百万円でどうだろうかと、いうんですよ。突然の電話よりも、百万円という、金額に、ビックリしてしまいました。僕は今、自宅近くのコンビニで、アルバイトをしているんですけど、一カ月、一生懸命働いても、せいぜい、二十万円になるか、ならないかですからね。それが、二カ月間で、百万円のギャラで雇ってくれるというのですから、正直いって、心が動きました。しかし、相手が何者か分からないのが、怖いので、断りました。その後は、電話も、かかってこなくなりました」

「あなたと同じように、誘われた人間が、ほかにもいませんか？　もし、いれば、その人にも、話をお聞きしたいのですが」

十津川が、いうと、

「確か、僕と同じように、アルバイトの仕事をしながら、エアガンやガスガンを、買い込んでは、改造して楽しんでいる男が一人、いるんですよ。明日、コンビニで、一緒になると思うので、そちらに、電話をするように、いっておきますよ。彼の名前は、中原《なかはら》です」

川村が、いった。

翌日、その、中原から、十津川に、電話がかかった。

「僕も、川村と同じで、上野広小路の、ガンショップに、よく、行くんですよ。たぶん、それを、誰かに見られていたんでしょうね。川村が断った後で、今度は、僕に、電話がかかってきました」

「それは、川村さんに、かかってきた電話と、同じような内容の、電話ですか？」

「おそらく、同じだと思います。君のエアガンのテクニックを、二カ月間、百万円で買いたい。そういわれました」

「それで、あなたは、どうしたんですか？」

「何しろ、二カ月で百万円、一カ月で五十万円ですよ。アルバイトでは、どう頑張ったところで、そんなには、稼げませんからね。とにかく、引き受けてみようと、そう思って、OKを出したら、次の日、あの、鈴村明彦《すずむらあきひこ》さんに会ったんですよ」

「鈴村明彦って、誰ですか？」

「刑事さんは知らないんですか？」

「申し訳ないが、知りません」

「『エアガンとガスガンを楽しく遊ぶ会』というのがありましてね。鈴村明彦さんは、そこの会長で、この世界では、神様みたいな人ですよ」

中原が、嬉しそうに、いった。

「つまり、あなたや川村さんのような人から見ると、鈴村明彦という人は、大物なんですね？」

「ええ、もちろんですよ」

「それで、どんなふうに、誘われたんですか？」

「今もいったように、鈴村明彦さんは、エアガンとガスガンを楽しく遊ぶ会の、会長さんですから、まず、その会に、入ってくれと、いわれたんです」

「それで？」

「もちろん、イエスと、いいましたよ。何しろ、あの鈴村さんと、つき合えるんですからね。こんなチャンスは、まずありませんよ」

「今は、どうなんですか？　その会に入って、鈴村明彦さんと、会っているんですか？」

「いや、結局、会には、入りませんでした」

「なぜ、入らなかったんですか？」

「入会の手続きは、したんですが、その後になって、ちょっと、変な噂《うわさ》を耳にしたんですよ」

「変な噂って？」

「鈴村さんが、会長をやっている、エアガンとガスガンを楽しく遊ぶ会というのは、実は、鈴村さんは、単に名前を貸しているだけで、本当の黒幕は、別にいる。そんな噂を耳にしたんです。それで、怖くなって、辞めてしまいました」

「鈴村明彦という人には、どうしたら会えますか？」

「そうですね。鈴村さんは、いろいろなところに、手を伸ばしていて、ああ、そうだ、新宿の西口に、鈴村さんが経営している、喫茶店があるんですよ。店の名前は、『ガン二〇〇八』というんです。そこを、訪ねていけば、たいてい、鈴村さんが、いるんじゃないかと、思いますけど」

新宿駅西口の、雑居ビルの中に、「ガン二〇〇八」という喫茶店が、実在した。

十津川は亀井と二人で、その店に行った。

鈴村明彦は、カウンターの中で、コーヒーを淹《い》れてくれたが、どこにでもいそうな、これといった特徴のない、平凡な顔立ちの男で、彼がエアガンやガスガンの権威で、オタクたちの間で、神様と呼ばれて、尊敬されているようには、とても、見えなかった。

カウンターの奥の壁には、さまざまなエアガンやガスガン、それに、モデルガンなどが、飾ってあった。

「鈴村さんは、エアガンとガスガンを楽しく遊ぶ会の会長さんを、されているそうですね？」

十津川が、警察手帳を見せた後で、きくと、

「日本では、エアガンやガスガンは、危険だという声が、どうしても、高いので、それ

ならば、楽しく遊ぶ会を作って、遊ぶ方法を、考えようじゃないかと思ったんですよ」

「なるほど」

と、十津川は、うなずいてから、

「そのエアガンとガスガンを楽しく遊ぶ会というのを、実質的に運営しているのは、どなたですか？」

いきなりストレートに、聞いた。

「僕が、その会長ですが」

「こちらで調べたところでは、ガンマニアたちの、いわば、カリスマであるあなたは、広告塔のような存在で、本当の会長というか、主宰者は、ほかの人物だという噂を、聞いていているんですよ。つまり、黒幕が、別にいるということになりますね」

「この名刺を、見てくれませんか？『エアガンとガスガンを楽しく遊ぶ会　会長　鈴村明彦』と書いてあるじゃないですか？　スポンサーなんか、いませんよ」

鈴村が、強い口調で、いった。

「実は、この喫茶店について、いろいろと調べましてね。そうしたら、この店は、ノンバンクのKファイナンスの、抵当に入っていますね？　金額は、千五百万円の抵当です。その金、払えますか？」

十津川が、きくと、相手は、黙ってしまった。

「どうして、そんなことまで、警察が、調べたんですか？　僕が、いったい、何をしたというんですか？」

「あなたに、本当のことを、しゃべってもらいたいからですよ」

「だから、さっきから、本当のことを、しゃべっているじゃありませんか？」

「いや、この店を、実質的に経営しているのは、あなたじゃない。この店には、スポンサーがいるんでしょう？　そのスポンサーの名前を教えてもらいたいんですよ」

「何度もいいますが、スポンサーなんていませんよ」

「そのスポンサーが、融資をしてくれているので、この店を、Kファイナンスに、取られなくて済んでいるのでしょう？　Kファイナンスの人間に聞きましたよ。どうして、鈴村さんが、借金を払えないと、分かっていながら、あの店を取り上げないのか？　何か、弱みでもあるんですか？　そういって、ちょっと脅かしたんですがね。そうしたら、ペラペラと、しゃべってくれましたよ。もう期限が切れているので、すぐにでも、あの店を取り上げても、いいのだが、鈴村さんに、変なスポンサーがついていて、借金の利息だけは、毎月きちんと、払ってくれているので、店を取り上げるまでには、至らないんだと、答えてくれましたよ」

「警察は、僕から、何を、聞き出したいんですか？」

「たった一つだけですよ。この店の、あるいは、エアガンとガスガンを楽しく遊ぶ会の、どちらでもいいのですが、誰かスポンサーがいるでしょう？　その人の名前を、教えてもらうだけで、いいのです」

「そんなスポンサーなんか、いませんよ」

鈴村が、繰り返して、いう。

「じゃあ、こちらからいいましょう。スポンサーの名前は、黒田勲、年齢六十歳、ジャパン物流株式会社社長。どうですか、違いますか？」

「残念ながら、僕は、そんな人は、知りません！」

鈴村が、ケンカ腰の口調で、否定した。

そのことに、かえって、十津川は、自信を持った。

「表に、明日から、三日間、臨時休業という貼り紙がしてありますが、どこかに、旅行でも、されるのですか？」

亀井が、きく。

鈴村は、小さく、手を横に振って、

「いや、別に、旅行するわけじゃありませんよ。ここのところ、ずっと、休まずに店を開けてきていたので、少し疲れたんです。それで、三日ほど、臨時休業しようかと思って、あの貼り紙をしたんですよ」

「行き先は、伊勢神宮ですか？」

鈴村の答えを、無視して、十津川が、きくと、鈴村は、エッという顔になり、そのまま、黙り込んでしまった。

「そろそろ、本当のことを話してもらえませんかね？」

「さっきから、本当のことを、しゃべっているつもりですが」

「それでは、これから、警察署まで、来ていただけませんか？」

脅かすように、十津川が、いった。

「何の容疑ですか？　容疑もなしに、僕を、連行することは、できないんじゃないですか？」

「殺人の容疑ですよ」

「殺人ですって？　僕が、そんなことをするはずが、ないじゃないですか。いったい、誰を殺したというんですか？」

「木村豊という青年が、いましてね。その彼が、三月十日に、自由が丘駅の近くで、何者かに殺されたんですよ。その件に絡んでの、殺人容疑です」

「僕は、そんな名前の人は、知りません。第一、僕は、エアガンやガスガンを、ご覧のように、たくさん持っているけど、こんなもので、人は殺せませんよ」

「殺された木村豊ですがね。ガスガンを、二十挺近く持っているという、いわばオタクなんですよ。彼は、妙な男に誘われていましてね。伊勢神宮に、旅行することになっていたようですが、東京で殺されたんです。あなたは、確か、エアガンを集めている、中原という青年を、誘いましたよね？　自分の、エアガンとガスガンを楽しく遊ぶ会に、入れると勧誘した。期間は二カ月で、報酬は、百万円。木村豊も、同じような理由で、誘われていたんですよ。しかし、OKした後で殺されました。これで、あなたが、殺人事件の、容疑者になっている理由が、お分かりに、なったんじゃありませんか？」

十津川は、ここで、言葉を切り、鈴村の顔を見つめた。鈴村は、黙ったまま、何もいわない。

「どうしても、答えたくないというのであれば、答えなくても、いいですよ。ただ、そうなると、正式に、令状を取って、あなたを、殺人容疑で逮捕し、捜査本部に、連行しなければならなくなりますよ。逃げ道はなくなる。今、正直に話してくだされば、別に、あなたを、逮捕する理由もないので、このまま帰りますがね」

「本当のことを、話したら、僕を、逮捕しないで、大人しく、帰ってくれるんですね？」

「ええ、もちろん。正直に話してくだされば、殺人事件の容疑者では、なくなりますからね」

「黒田さんですよ。黒田勲」

ぶっきらぼうな口調で、鈴村明彦が、黒田の名前を、いった。

「黒田さんというのは、ジャパン物流株式会社の、黒田勲社長ですね？　間違いありませんね？」

「そうですよ。もういいでしょう？」

「もう少し、詳しく話してもらわないと、納得できないですよ。黒田勲さんとは、会っているんでしょう？」

「ええ、一カ月前に、突然、黒田さんが、ここに訪ねてこられましてね。鈴村さん、あなたのことは、よく知っている。あなたは、エアガンやガスガンの、神様みたいなものだ。実は、私も、その趣味がある。その縁で、あなたの力になりたい。聞くところ、この店が経済的に危ないという。まず、それを助けてあげたいと、いきなり、いわれたんですよ」

「それで、どう返事をしたんですか？」

「とにかく、びっくりしましたよ。一度も会ったことのない人に、経済的な援助をすると、いわれたんですから」

「もちろん、その話には、裏があるわけでしょう？　タダで、金を出す人なんているはずがないから」

「ええ。その代わりということで、こんなことを頼まれました。あなたは、エアガンとガスガンを楽しく遊ぶ会の、会長をやっている。その名前と肩書で、ガンの腕が確かで、カラー弾を撃ったことがあり、秘密を守れる人間を、二、三人集めて欲しい。これは、あくまでも、あなたの名前でやってくれと、いわれました。その人間には、二カ月で百万円支払うし、私にも、相応のお礼をすると、いわれました」

「仕事の内容は、教えられましたか？」

「きいたが、教えてくれませんでした。ただ、人を傷つけるようなことではないと、黒田さんは、いっていましたね」

「それで、あなたは、木村豊、中村浩介、金子義郎の三人を、黒田勲に紹介したわけですね？」

「ええ。他にも、何人か誘いましたが、上手《うま》くいきませんでした」

「あなたは、危険な仕事じゃないかと、疑ったことはなかったんですか？」

「なかったですね。エアガンやガスガンで、人は殺せませんからね」

「しかし、木村豊さんは、殺されましたよ」

「知っていますが、彼は、エアガンやガスガンで、殺されたんじゃありませんよ」

鈴村は、十津川を睨むように見て、いった。

「やっぱり、経済的援助は、魅力でしたか？」

亀井が、意地悪く、質問した。

一瞬、鈴村の顔が、ゆがんで、

「僕は、自分のために、お金が欲しいわけじゃありませんよ。エアガンやガスガンが好きだというと、それだけで、眉をしかめる人たちがいる。危険視する人たちがいる。そんな人たちの誤解をとき、若者たちには、ガンの本当の楽しみ方を教えるために、あの会を、作ったんですよ。喫茶店だって、若者たちが集まって、ガンについて話し合う場所を、提供したかったんです」

「しかし、そのためには、金が必要だった」

「それは、結果論ですよ」

「黒田勲という人間を、どう思っています？」

と、十津川が、きいた。

「最初は、うさん臭い人物みたいに思いましたよ。しかし、調べてみると、ジャパン物流株式会社という一流企業の社長さんだし、会って話をすると、育ちの良さが、にじみ出ていて、信用できる人だと思いましたよ」

「黒田勲は、何のために、あなたに、そんなことを頼んだと、思いますか？」

「わかりませんね。どこかで、射撃大会でも、やる気なんじゃありませんか？」

鈴村は、投げやりな口調に、なっている。

「本当に、そう思っているわけじゃないでしょう？」

「刑事さん」

「何です?」

「そういうことは、僕にきくより、黒田さんに直接きいたらどうですか?　スポンサーだから、何でも答えられるんじゃありませんか?」

「もちろん、黒田さんにも、ききますがね。あなたが、今回のことを、どう思っているか、ききたかったんです」

「僕は、何も知りませんよ」

「しかし、いろいろと、想像したはずですよ。黒田勲が、いったい、何のために、エアガンや、ガスガンの上手い若者を集めているのか?　なぜ、二カ月で、百万も払うのか?　そんなことを考えたはずですよ。考えないほうが、おかしいんだ」

「でも、考えませんでしたよ」

鈴村は、かたくなだった。

(責任回避をしている)

と、十津川は、感じた。

第五章　五億円×2

1

だんだんと、十津川は、不機嫌になっていった。その挙句、

「どうにも、すっきりしないな」

と、口に出して、いった。

「どこが、すっきりしないんですか？」

亀井が、きく。

「それが分からなくて、困っているんだよ」

「しかし、現象的には、はっきりしているんじゃないですか？」

「はっきりしているかね？」

「ええ、はっきりしていますよ。ここに二人の男がいる。一人は、小原サービスの社長、

小原実。もう一人は、ジャパン物流株式会社社長の黒田勲。二人とも六十歳で、伊勢に生まれ、自分こそ、伊勢神宮の第一の信者だと思って、それを、競っています。ただ、生まれも育ちも、全く、違っています。黒田社長のほうは、伊勢の旧家に生まれ、子供の時から豊かな生活を送ってきて、今も、父親の会社を継いで、一部上場の、大会社の社長です。小原社長のほうは、逆に貧しい家に生まれ、苦労して起業して、今の、小原サービスの社長になりました。小原社長は、自分が育てたゴールデンレトリーバーに、お伊勢参りをさせようとしています。もし、犬が、一匹で、お伊勢参りに、成功したら、大きな話題になるでしょう。小原社長は、それを、期待しているに違いありません。一方、黒田社長のほうは、そんなことは、許されないと主張し、何とかして、小原社長の犬が、お伊勢参りするのを、防ごうとしています。これが今、現実に、起こっていることだと、私は思っているのですが」

「確かに、それは、そうなんだがね」

「ダメですか？」

「いや、ダメじゃないよ。カメさんのいう通り、犬が、お伊勢参りをできるのかどうかが、今、話題になっている。ウチのカミさんなんかは、何とかして、小原社長の、ゴールデンレトリーバーが、お伊勢参りに成功すればいいと思って、友だちと二人、様子を見に、伊勢まで出かけているくらいだからね。犬がお伊勢参りをすれば、確かに、ニュースにはなる。何しろ、面白いネタだからね。テレビも新聞も、こぞって、取り上げるだろう。しかし、それだけのことだよ。いくら、犬がお伊勢参りに、成功したからといって、犬の飼い主の小原社長が、国から、表彰されるわけでもない。黒田社長だって、彼の会社が、それによって、大打撃を受けるというわけでもない。たぶん、二、三日もすれば、犬がお伊勢参りをしたことなんて、誰も、話題にしなくなるんじゃないかね」

「確かに、そう、いえるかもしれませんが、小原社長も黒田社長も、ポスターを、何枚も貼り出して、必死で争っていますよ。もしかすると、懸賞が、かかっているんじゃありませんか？」

と、亀井が、いった。

「犬に果たして、お伊勢参りが、できるかどうかという懸賞か？」

「そうです。大新聞か、あるいは、どこかのテレビ局が、懸賞をかけて、もし、成功すれば、新聞、テレビが、大々的に取り上げる。そういうことになっているので、小原社長も黒田社長も、必死になっているんじゃないでしょうか？」

「実は私も、カメさんと、同じことを考えたんだ。どこかの、テレビか大新聞が、犬が、果たして、一匹で、お伊勢参りができるかどうか、それに、懸賞をかけているんじゃないのか？　例えば、大新聞が、一千万円の懸賞をかけている。それに、読者が、応募している。テレビも同じだ。そんなことがあるのではないかと思って、いろいろと、調べてみたんだよ。しかし、なかったね。どこの、テレビも新聞も、そんな懸賞は、かけていないし、募集もしていないんだ」

「そうですか。ありませんか」

「ああ、ないね。それに、もう一つ、引っかかっていることがある」

と、十津川が、いった。

「例の、エアガンと、ガスガンのことじゃありませんか？」

「そうなんだ。エアガンやガスガンに、詳しい若者に聞いたところ、この世界では有名な、鈴村明彦という男が浮かんできた。私は知らなかったんだが、エアガンや、あるいは、ガスガンの世界では、かなりの、有名人らしいね。黒田社長は、この鈴村明彦の名前を使ったので、エアガンやガスガンに詳しい若者、いわばオタクが、応募してきたらしいんだ」

「その鈴村明彦の背後には、スポンサーとして、黒田社長の存在が、あったわけでしょう？　だから、実際に、若者たちを雇ったのは、鈴村明彦ではなくて、黒田社長なんですよ。それが分かれば、エアガンやガスガンに、詳しい若者を、大金を出して雇った理由も、分かってくるじゃありませんか？　小原社長の飼い犬、ゴールデンレトリーバー、茶々が、お伊勢参りをするのを、何とかして、防ぎたいから、黒田社長は、若者たちを、雇ったんですよ。もし、茶々を、見つけたら、エアガンか、あるいはガスガンで撃って、伊勢には、行かせないようにする。それが、黒田勲の、目的でしょう。これですべて、はっきりしたんじゃ、ありませんか？」

「しかしだ」

と、十津川が、いう。

「若者たちが使うのは、エアガンとガスガンで、発射するのは、わずか直径八ミリのBB弾だよ。命中したとしても、犬は、死にやしない。いや、それどころか、痛がりもしないんじゃないのか？　何しろ、体は柔軟だし、すばしっこいからね。当てるのも難しいかもしれない。それを考えると、まさに、子供の遊びだよ」

「その子供の遊びに、黒田社長は、一人二カ月分の報酬として、百万円も払っているんですよ。その上、一人が、すでに、殺されています」

「だから、なおさら、イライラしてくるんだよ。これは、まるで子供の遊びだ。犬に札をつけて、伊勢参りをさせる。その犬を狙って、エアガンやガスガンで小さなBB弾を撃つ。いってみれば、どちらも子供の遊びだ。子供のケンカだ。小原社長と黒田社長は、子供の遊びを、楽しんでいるんだろうか？　いや、そんなはずはない。だから、困っている」

と、十津川は、三段論法のように、いった。

2

十津川は、実際に、犬をエアガン、あるいは、ガスガンで、撃ってみることにした。

東京都に、野犬を収容する施設がある。ある一定の期間、そこに収容して、もし、飼い主が、現れなければ、処分されることになる。そういう施設である。

十津川と亀井は、そこに行って、ゴールデンレトリーバーを、見つけ、その犬を連れてくることにした。

大きさも年齢も、大体、小原社長の飼っているゴールデンレトリーバー、茶々と同じくらいだった。

ただ、捨てられていたので、少しばかり元気がない。そこで二、三日のんびりさせ、うまいものを、食べさせることにした。

次に、エアガンとガスガンを用意し、それから、ＢＢ弾も準備した。

ＢＢ弾でも、カラー弾を、使うらしいので、こちらも、カラー弾を、用意することにした。カラー弾は、六ミリではなく、八ミリである。

「カラー弾のほうが、おそらく、撃った時の初速が遅いから、当たる確率も、少ないと思いますね」

と、若い西本刑事が、いった。

推察すると、三人の若者が、黒田勲の下で、動いている可能性があるので、十津川は、刑事たちを、三人ずつのグループに分け、ゴールデンレトリーバーを狙って、撃ってみることにした。

最後は、場所である。檻の中にいるゴールデンレトリーバーを狙っても、何の意味もない。

BB弾が、命中するに、決まっているからである。

小原社長の飼い犬は、現在、伊勢に、向かっている。町中や、あるいは、野原を伊勢に向かって進んでいるのだから、狙う場所として、同じような設定にする必要があった。

そこで、SPが、テロ対策で使う訓練所を、借りることにした。建物が作られており、木々があったり、池があったりする。そこに、ゴールデンレトリーバーを放し、三人ずつのグループとなった刑事たちが、エアガンやガスガンを持って、犬を狙うのだ。

ところが、これが、なかなか当たらず、難しいことが分かった。銃を持った人間が近づいてくると、犬は素早く、建物の陰に、隠れてしまう。何とか追い出しても、犬は右に左にと走り回って、狙いをつけるのも、大変だった。

何とか、一発当たったが、犬は、平気な顔をしている。

「なかなか難しいですね」

亀井が、音を上げた。

「第一、エアガンやガスガンを持った若者が、ゾロゾロ歩いていたら、それだけで、怪しまれてしまう。一一〇番されてしまうかもしれないし、少なくとも、噂になってしまうよ。そんな噂は、聞こえてこないから、応募した若者たちは、目につきやすい場所で、ゴールデンレトリーバーを、狙ったりはしていないんだ」

と、十津川が、いった。

実験が終わった後、十津川は、疲れた顔で、

「逃げる犬も大変だけど、追いかける人間のほうも、大変だな」

と、いった。

十津川は、一日中、犬を追いかけ回した末、その結論を箇条書きにした。

一、町中で、動いている犬を、エアガン、あるいはガスガンで撃って、BB弾を、命中させることは、かなり難しい。

二、もし、二、三人でエアガン、あるいはガスガンを持って、犬を、追いかけ回していたら、すぐに一一〇番され、動物虐待の罪で、逮捕されてしまうだろう。つまり、町中で、大っぴらに、犬を撃つことは、難しいのだ。

三、問題の犬が寝ている場合は、BB弾を撃って、簡単に当てることが可能。それでも、犬は死ぬことはないし、伊勢参りを、止《や》めさせるほどの、威力もない。

四、二カ月百万円で雇われた若者たちは、普通のＢＢ弾ではなくて、カラー弾を使っていると思われる。
しかし、カラー弾のほうが重く、初速が遅くなるし、弾丸としての威力も、普通のＢＢ弾に比べて、数段劣るものと、思われる。なぜ、カラー弾に、こだわるのか、その理由が、分からない。
五、市販されているエアガン、ガスガンは、一応、射程距離五十メートルと、書かれているが、銃として威力を発揮できるのは、せいぜい五メートル以内である。それ以上遠ざかってしまうと、撃っても、ほとんど、犬には命中しないし、逃げられてしまうことが、はっきりした。

結局、刑事たちを相手に、訓練所の中を逃げ回った、ゴールデンレトリーバーには、ＢＢ弾は、一発しか、命中しなかった。

追いかけ回されたので、犬も疲れ切っていて、ハーハーいいながら、寝そべっていた時間もある。その時に、狙って撃てば、命中するだろうが、そんな都合のいい時間が、実際に、町中を走っている犬に対して、あるとは、思えなかった。

また、そんな時間があるとすれば、別に、エアガンやガスガンに、精通している若者たちを、二カ月百万円で、雇う必要もないはずである。

刑事たちも疲れ切り、椅子に腰を下ろして、アイスコーヒーやコーラを注文して、それを、飲みながら、寝そべっている犬に目をやった。

「結局、犬の、運動神経のほうが、われわれ人間の、運動神経よりも、はるかに、優れているということが分かりましたよ」

と、日下刑事が、いった。

「ほかに、感想は？」

十津川が、刑事たちに、きいた。

三田村刑事が、手に持ったエアガンを、クルクル回しながら、

「所詮これは、子供の、遊びですね。拳銃は、本物そっくりにできていますけど、引き金を引くと飛び出すのは、ＢＢ弾ですからね。今もいったように、所詮は、子供の遊びです。どうして、こんなことに、黒田勲が、二カ月で、百万円もの大金を、支払うのか、それが分かりません」

「どうして、二カ月なんですかね？」

田中《たなか》刑事が、首を傾げる。

「東京を出発した、小原社長のゴールデンレトリーバーは、二カ月以内には、伊勢に着くだろう。そう計算したから、黒田勲のほうも、二カ月に限定して、若者たちを雇ったんだろう」

と、十津川が、いった。

「今、三田村刑事が、いったように、エアガンやガスガンを振り回して、犬を追いかけ回す。これは、まさに、子供の遊びだと、私も思います。なぜかといえば、BB弾が命中したところで、犬は、全く平気です。それに、めったに、命中しません。そんなことは、黒田勲も、犬の飼い主の小原社長も、分かっているはずです。それなのに、大の男が、オタクの若者を雇ったりしたのは、いったい、なぜなんでしょう？　それに、もし、問題の、ゴールデンレトリーバーが、その気になって、まっしぐらに、伊勢に向かって走っていたら、それを、エアガンやガスガンで防ぐことは、不可能です。BB弾をカラー弾に換えても同じです。それなのに、なぜ、黒田勲は、二カ月で百万円という、成功報酬を払って、なぜ、三人もの若者を、雇ったのでしょうか？　もう一つ、すでに、一人の男が、東京都内で、殺されています。あの殺人が、犬のお伊勢参りに、絡んでいるとすると、なぜ、殺されたのかが、分かりません」

演説口調でしゃべったのは、片山《かたやま》刑事だった。

「それでは、私の意見をいおう」

と、亀井が、いった。

「今、君たちは、やたらに、これは、真剣にやるようなことではない。所詮は子供の遊びだといった。確かに、そんなところはある。しかしだ、この大人の遊びに、黒田勲も小原実も、真剣になっている。これは、間違いない。黒田勲も、小原実も、ともに年齢六十歳、還暦だ。その上、それぞれ成功している会社の、社長なんだ。その黒田勲と小原実が、自分の飼い犬をお伊勢参りさせたり、逆に、その犬を伊勢に行かせまいとして、高い報酬を払って、エアガンやガスガンの名手を、雇ったりしているのは、二人が、これを、子供の遊びだとは、考えていないからなんだ」

「では、黒田勲と小原実が、今度の件を、どう、思っているのか、なぜ、子供の遊びだとは、思っていないのか、カメさんに、その理由が、分かるかね？」

十津川が、きいた。

亀井は、急に、照れたような顔になって、

「正直にいって、その答えが、見つからなくて、困っています」

最後に、北条早苗刑事が、

「あそこに寝ている、ゴールデンレトリーバーですが、警部は、どうされるおつもりですか？　都の収容施設に、戻されますか？」

と、きく。

「いや、そんなマネはできないよ」

十津川は、きっぱりと、いった。

「あのゴールデンレトリーバーは、あれだけ、私たちに、協力してくれたんだ。その犬を、収容所には戻せない。あそこに、戻したら、処分されてしまうからね。私が飼うことにする」

「あの犬の世話は、私のほうが、適任ですから、ぜひ、私に、やらせてください」

すかさず、亀井が、いった。

「そうか、君のほうが、私よりも適任か」

十津川が、苦笑交じりに、いった。

「何しろ、警部の奥さんは今、話題の、ゴールデンレトリーバーを、すでに一頭購入して、その世話をしているんでしょう？　二頭目を飼ったら、大変ですよ。その点、ウチのほうは、今のところ、犬も猫も、いませんから、大事にします。約束しますよ」

亀井が、いった。

確かに、十津川の家では、妻の直子が、一年前に、ゴールデンレトリーバーを一頭、購入して、現在、自宅で飼っている。一頭でも、かなり大変なのは、正直なところである。

何しろ、猫と違って、自分の好きなところで、フンをしてしまうし、一日に一回は、必ず、散歩に、連れていかなければならない。もう一頭、増えてしまったら、確かに大変である。

「分かった。カメさんに、任せることにするよ」

十津川は、内心、ホッとしながら、いった。

3

「どうだ、カメさん、久しぶりに、一緒に、夕食でも食べないか？」

十津川が、亀井を誘った。

「いいですね。奥さんには、断らなくてもいいんですか？」

「その奥さんが、まだ、伊勢から、帰ってきていないんだ」

「奥さんは、まだ、伊勢ですか？」

「向こうで、友だちと一緒に、問題の、ゴールデンレトリーバーが、どの辺りにまで、来ているか、それを確認しないと、安心して、東京には帰れないと、いっているんだ」

「そういえば、ここのところ、テレビにも、新聞にも、お伊勢参りをする犬の話題は、出てきませんね。いったい、どの辺にいるんですかね？」

「黒田勲に雇われた若者たちも、必死になって、茶々を探しているんじゃないかね」

と、十津川は、いった。

二人は新宿に出て、行きつけの、天ぷら屋に入った。

久しぶりに天ぷらを食べながら、亀井が、

「捜査を、これから、どう進められるつもりですか？　今のままでは、殺された木村豊の件も、解決できませんね」

「その点は、同感だ」

「どうしたらいいと、思われますか？」

「黒田勲と小原実、この二人が、いちばん大事にしているものは、何だろうか？」

「何ですかね。今のところ、黒田の経営しているジャパン物流も、小原の経営している小原サービスも、順調に、利益を上げているようですし、二人とも、十分な資産を、持っていますすよ」

「それに、家庭的にも、恵まれているほうだろう。そうなると、欲しいものは、いったい、何だろうかね」

「名誉ですかね？」

　と、亀井が、いった。

「名誉か。それも、あるかもしれないな」

「お互いが、ライバルで、特に、小原実のほうは、黒田勲に、負けているという思いが、あるでしょうから、黒田に勝つことじゃありませんか？」

「確かに、小原のほうが、より強く、相手に勝ちたいと、思っているだろう。今までずっと、黒田に、負け続けていたようだからね」

「だから、自分の飼い犬に、お伊勢参りをさせるようなことを、考えたんじゃありませんか？　黒田には、そんな飼い犬は、いませんから、成功すれば、自己満足できるんじゃ、ありませんかね？」

「しかし、その自己満足は、一時的なものだろう」

「確かに、そうですが」

「やっぱり、金だな」

と、十津川が、いった。

「金ということになると、二人は、比べ物になりませんよ。小原が、一代で、会社を作り、成功した。そのことには、感心しますが、黒田の会社と比べると、従業員の数でも、小原のほうが二分の一くらい、個人資産や、あるいは会社の年商にしても、軽く二、三倍は違うと見ています。どう頑張っても、小原は、とても、黒田には、敵《かな》いませんよ」

「だが、やはり、頼むものは、結局、金なんだよ」

と、十津川は、繰り返した。

4

翌日、十津川は、あらゆる手段、あらゆる人脈を、利用して、黒田勲と小原実の、資産状況を、調べることにした。資産の大きさは、黒田のほうが、小原の倍近いことは、すでに、聞いて知っていた。

十津川が、知りたかったのは、さしあたり、黒田と小原が、自分の自由になる金が、どのくらいあるのかということだった。

黒田も小原も、会社が契約している銀行と、個人が使っている銀行とは、もちろん、違っていた。

小原が、個人的に利用している銀行は、N銀行永福町支店である。黒田は、S銀行六本木支店になっていた。もちろん、そのことは、公《おおやけ》にはなっていない。

十津川は、密《ひそ》かに、税務署の力を借りて、調べることにした。

その上で、十津川が知ろうとしたのは、最近になって、黒田と小原の二人が、多額の預金を、引き出していないか、ということだった。

それも、千万単位ではない。億単位の金を、である。

十津川は、殺人事件の捜査に必要という、錦《にしき》の御旗《みはた》を立てて、N銀行永福町支店の支店長と、S銀行六本木支店の支店長に会って、黒田と小原の二人が、最近、多額の預金を下ろしたことはないかを、調べてもらった。

実は、それほど期待はしていなかったのだが、調べてみると、驚きの結果が出てきた。

黒田も小原も、今年の、全く同じ二月一日に、それぞれ、五億円を、自分の口座から、下ろしていたのである。

十津川は、N銀行永福町支店の支店長に、

「この、二月一日に引き出した五億円ですが、小原さんは、何に使うといっていましたか？」

と、きいてみた。

「金額が大きいので、一応、小原さんには、おききしてみましたよ」

と、支店長が、いった。

「これは秘密の金だから、君にも話せない。そういわれました」

「小原さんが、その、五億円を使って、マンションとか、土地とか、何かを購入するとか、株に、投資するとかいう話は、なかったわけですね？」

「私も、気になったので、それとなく調べてはみたのですが、おかしいことに、小原さんは、五億円を、引き出した後、これといったものは、買っていないし、投資もしていないんですよ。家も新築していないし、マンションを、買った様子もないし、車も買っていません。小原さんは、もともと、株は、好きじゃありませんでしたからね。つまり、あの五億円の行方は、全く、分からないのですよ」

と、支店長は、いった。

S銀行六本木支店の、支店長の返事も、不思議に、そっくりだった。

「何しろ、いっぺんに、五億円ですからね。何か、大きな買い物をするんじゃないか、興味もあったので、おききしましたよ。そうしたら、黒田さんは、笑っていましたね。ただ、笑っているだけで、何も答えてくれなかったので、それ以上、質問はできませんでした」

「その後、黒田さんが、何か、大きな買い物をしたということは、ありませんでしたか？　株に、投資するとか、マンションを、買うとかいったことですが」

十津川が、きくと、支店長は、小さく首を横に振って、

「それが、今に至るも、何か、大きな買い物をされたという話は、全く聞こえてこないのですよ。黒田さんは、前と同じマンションに、住んでいらっしゃるし、もともと、フェラーリとか、マセラッティとか、ポルシェとかいった外国の高級車には乗っていませんし、前と同じ、普通の国産車に、乗っていらっしゃいますよ。おそらく、株も、買っていらっしゃらないいんじゃないんですかね。最近の株は、怖いから、手が出せない。前から、そうおっしゃっていますから」

と、支店長は、いった。

十津川は、このことを上司の三上本部長と亀井にだけ、話すことにした。

これは、完全に、個人情報だったからである。

「小原実と黒田勲は、示し合わせたように、今年の二月一日に、それぞれ、取引銀行か

ら、これもなぜか、全く同じ、五億円を、引き出しているんですよ。その上、二人とも、その五億円を、今までに使った形跡がないんです。個人の預金ですから、二人が五億円を引き出そうが、十億円を、引き出そうが、勝手なんですが、やはり気になります」

　十津川は、三上本部長に、いった。

「このことを、君はまさか、新聞記者たちに、話したりは、していないだろうね？」

と、三上が、きく。

「ええ、もちろん、誰にも話していません。話したのは、部長と、亀井刑事の二人だけで、ほかの刑事にも、話していません」

「それを聞いて、ホッとした。小原も黒田も、別に、法に触れるような、悪いことをしているわけじゃないからね。くれぐれも、慎重の上にも、慎重を期して欲しい」

　三上は、その後、亀井刑事も、部長室に呼んだ。

「小原と黒田の二人は、その五億円を、どうするつもりなんだろう？　何に使うつもりなのかね？」

　三上が、二人に、きく。

「正直にいいますと、その使い道について、分からなくて困っています。小原も黒田も、二月一日に、それぞれ五億円ずつを下ろした。もう、三月になっています。一カ月以上も、経《た》ったのに、何か、大きなものを、買ったという話が、聞こえてこないのです」

「それでは、この点をじっくり考えてみようじゃないか」

と、三上本部長は、いい、三人分のコーヒーを、持ってこさせた。そのコーヒーを飲みながら、

「五億円といえば、大金だ。そんな大金を、必要とする買い物といったら、どんなものがあるだろう？」

と、十津川に、きいた。

「そうですね。真っ先に、思いつくのは、六本木辺りの高級マンションか、あるいは、軽井沢《かるいざわ》辺りの、別荘ですかね」

「都心の高級マンションと、避暑地の別荘か。あとは、株か」

「そうですね。すぐに、頭に浮かぶのは、そんなところです」

「じゃあ、一つずつ、考えてみようじゃないか。小原と黒田が、五億円で株を買う。そういう可能性は、考えられるかね？」

「私が聞いたところでは、小原は株が嫌いで、今までも、株に、手を出したことは、一度もないそうです。黒田のほうは、以前は、買っていたようですが、最近は、周りの人間に、今、株を買うと、絶対に痛い目に遭う。株を買うべき時ではないと、いっているそうですから、二人とも、株は、買わないと、思います」

「高級マンションはどうかね？　今、マンション、安くなったといったって、六本木の

超高層マンションならば、軽く億単位なんじゃないか？」

「そうですが、二人ともすでに、自宅のほかに、マンションを持っています。それも都心にです」

「次は、別荘だが」

「これも調べてみたのですが、黒田は、沖縄の石垣島《いしがきじま》に、大きな別荘を持っています。小原は、旧軽井沢に、別荘を持っています」

「別荘も、すでに持っているか。となると、あとは、車くらいしかないが、車は、どうなんだ？」

「小原はすでに、ベンツを、二台持っています。黒田のほうは、もともと、国産車の愛好者で、今も、国産車に乗っていて、外車には、全く興味がないと、いっているそうですから、急に、高価な、外車を買うとは、ちょっと、考えられません」

「そうか、二人とも、さしあたって、高価なものを、買う必要はないのか」

「ええ、そう思われます」

「考えてみると、最初から、株とか、マンションとか、別荘を買うという考え自体が、間違っていたんだ」

　三上は、自分に、いい聞かせるように、いった。

「個人として、株を買ったり、別荘を買ったり、マンションを、買ったりするのに、二人が、示し合わせたかのように、同じ二月一日に、同じ五億円を、下ろすということ自体が、普通じゃないんだ」

「そうなんですよ。二人が、自分の考えで、何かを買いたくて、お金を下ろしたということは、ちょっと、考えにくいんです」

「では、少し、考え方を変えてみようじゃないか」

と、三上は、いい、ゆっくりと、コーヒーを口に運んだ。

「まず、最初からだ。小原と黒田の二人は、同じ日に、同じ五億円を、自分の口座から引き出した。なぜ、二人揃って、そんなことをする必要があるのだろうか？　このことから、考えてみようじゃないか」

と、三上が、いうと、

「考えられるのは、第三者の存在です」

今まで、黙っていた亀井が、いった。

「第三者？」

「そうです」

「あまりにも、抽象的すぎて、よく分からん。もう少し、具体的に、分かりやすく、いってくれないかね」

「小原と黒田は、ライバル同士です。そんな二人が示し合わせて、一、二、三で、同じ二月一日に、同じ五億円を、引き出すということは、まず、考えられません」

「だが、二人は、示し合わせたように、今年の、二月一日に、それぞれ、五億円を引き出しているんだぞ」

「ですから、どうしても、第三者の存在を考えてしまうんです。小原と黒田の二人が、尊敬している、頭の上がらない人物がいたのではないか。その人物の指示に従って、二人は、二月一日に、それぞれ、五億円ずつ引き出した。それなら、納得できると、私は思うのですが」

と、亀井が、いった。

「君は、今の亀井刑事の意見を、どう思うかね？」

三上が、十津川を、見た。

「私も、亀井刑事の考えには、賛成です。説得力があります」

「それでは、第三者がいたとしてだが、いったい、どういう人間で、何のために、小原と黒田の二人に、五億円ずつ、預金を下ろさせたのかね？　君は、どういう人間か、想像がついているのかね？」

三上が、亀井に、きく。

亀井は、頭を、かきながら、

「正直にいいますと、自分で、第三者の存在といっておきながら、その第三者というのが、どんな人間なのか、私自身、全く、想像がついていないのです。ただ、今度の妙な出来事、つまり、小原と黒田が、示し合わせたように、同じ二月一日に、同じ五億円を、下ろしたということに、何とか理屈がつけられるのは、二人が尊敬している人間、第三者がいるのではないかとしか、考えようがないのです」

「亀井刑事の話を聞いていて、思いついたのですが」

と、十津川が、三上に、いった。

「二人が下ろした五億円ですが、ひょっとして、その第三者が、預かっているのではないでしょうか？」

「そんな人間が、実在するのかね？」

三上が、半信半疑の顔で、亀井を見、十津川を見た。

「いると、私は、思っています。いや、いなければおかしいのです」

亀井が、いう。

「しかし、そんな人間が、いたとして、その人間は、何のために、小原と黒田の二人に、二月一日、五億円という大金を、引き出させたのかね？」

三上が、きいた。

その質問に、亀井は、すぐには答えられなかった。第三者の人間像が、どうにも、浮かんでこないからである。

代わりに、十津川が、三上に、答えた。

「私は、小原と黒田の、尊敬する人物として、仮に、お伊勢さんと、呼ぼうと思うのです」

「どうして、お伊勢さんなのかね？」

「小原実も黒田勲も、伊勢の生まれで、自分こそ、伊勢神宮のいちばんの信者だと、自負しているふしがあります。伊勢神宮の関係者か、伊勢神宮の信者の中の有名人が、第三者だとすれば、その人のいうことは、小原も黒田も、聞くんじゃないでしょうか？　それで、お伊勢さんとしたのです」

「そのお伊勢さんが、小原と黒田の二人に、何のために、二月一日、五億円もの大金を下ろさせたのかね？」

三上が、同じ質問を、くり返した。

「いろいろと考えてみました。第三者が、伊勢神宮の関係者だとすれば、今、考えられるのは、平成二十五年に迫っている、遷宮祭です。それには、五百五十億円の資金が、必要だと聞いています。今、伊勢神宮では、そのための献金を、募っています。小原と黒田が下ろした五億円ずつ、合計十億円は、その献金ではないかと、考えたのです」

と、十津川が、いった。

「なるほどね。平成二十五年の、遷宮祭に、二人は、五億円ずつ、献金するつもりということか？」

「そうではないかと、思うのですが」

「それは、少しおかしいぞ」

三上が、急に、険しい顔になって、いった。

「何がですか？」

十津川が、きく。

「君の話では、小原実と黒田勲の二人は、昔からの、ライバル同士で、何事につけても、張り合っているんだろう？　伊勢の生まれだから、伊勢神宮の献金の額も、競い合ってきたんじゃなかったのかね？　小原のほうは、いつも、その金額で負けていて、前回の遷宮祭の時には、小原も多額の献金をしたのに、新聞には、黒田が、多額の献金をしたことしか、載らなかった。だから、小原は、今度こそと思っているに、違いないんだ。黒田だって、今回の遷宮祭でも、小原に、負けてなるものかと、思っているんじゃないのかね？　そんな二人が、同額の五億円を、銀行から下ろして、遷宮祭に、寄付するというのは、少しおかしいんじゃないのかね？　そんな穏やかな気持ちで、二人がいるとは、私には、考えられないんだがね」

と、三上が、いった。

「確かに、部長がいわれるように、お互いが、同じ額を、伊勢神宮に献金するというのは、今までの確執を考えると、あり得ないような気がします」

「たぶん、そうだろう」

「しかし、二人が、同じ二月一日に、五億円ずつ引き出したのは、事実なんですよ。おかしいとは、私も思いますが、事実は事実です」

亀井が、横から、いった。

「例えばだが、こんなふうには、考えられないかね」

と、三上が、いう。

「一応、紳士協定を結び、同じ日に、五億円ずつを引き出した。しかし、その後で、相手には、黙って、その五億円に、プラスした金額を、遷宮祭に寄付するつもりでいる。それなら、何とか、納得できるんじゃないのか？」

「確かに、何とかして、相手を蹴落とそうとするというのは、二人のことを調べていると、納得できますね。しかし、今までのところ、二月一日に、五億円を下ろした以降、小原も黒田も、まとまった金を、自分たちの口座から、動かしてはいないんです」

と、十津川は、いった。

「本当か？」

「本当ですが、分からないからといって、このまま、見過ごすわけにはいきません。すでに、木村豊という男が一人、殺されていますからね。小原と黒田が、五億円を、何に使うためにに、下ろしたのか、それを、調べてみるつもりです」

と、十津川は、三上に、約束した。

5

十津川は、小原と黒田の二人に、顔を見られておらず、小原と黒田の関係者にも、顔を合わせたことのない刑事十人に、声をかけた。

その彼らに、小原と黒田、二人の周辺を徹底的に洗ってくるように、指示を出した。

十人の刑事たちの、懸命な聞き込みによって、必要な情報が、十津川のところに、少しずつ集まってきた。

6

最初に答えが見つかったのは、第三者は何者かという疑問についてだった。

第三者は、何といっても、小原と黒田の二人から、尊敬されている人物でなくてはならない。例えば、二人と同じ、伊勢の生まれ、二人の卒業したM大の先輩ということも、考えられた。

同じ業界の人間よりも、政治家として、権力を持っている人間のほうが、二人にとって、尊敬しやすいだろう。

そうした、いくつかの、条件を持って、刑事たちは、二人の周辺を調べていき、ついに、一人の人間に行きついた。

伊勢の生まれではないが、伊勢神宮のある、三重県選出の、代議士である。名前は、小野寺治《おのでらおさむ》、六十八歳。小野寺は、伊勢神宮の遷宮祭の、実行委員の一人でもあった。

小野寺治が、小原と黒田と、一緒に写っている写真も、見つかった。

十津川は、小野寺治に、直接会って話を聞こうと思ったが、事務所に、電話をすると、現在、アメリカに、行っていて、あと一週間は、帰ってこないといわれた。

そこで、十津川は、小野寺治と一緒に、伊勢神宮の遷宮祭の、実行委員をやっている、三宅新太郎《みやけしんたろう》、六十五歳に、話を、聞くことにした。

三宅は以前、文化庁に勤めていた。定年退職した後、今は、小野寺治と同じ平成二十五年の遷宮祭の、実行委員の一人になっていた。

十津川は亀井を連れて、府中に住んでいる、三宅新太郎を、訪ねた。

三宅の自宅は、府中の、閑静な住宅地域にあり、三百五十坪くらいの敷地の中に立つ、和風の家だった。

三宅は六十五歳だが、歳よりは、若く見えたし、声も大きい。

十津川たちの顔を、見るなり、

「君、私は、この歳になるまで、警察のご厄介になるようなことは、何一つ、やっておらんがね」

と、いって、大きな声で、笑った。

「先生」

十津川は、そんな呼び方をして、

「先生は、小野寺治さんと一緒に、伊勢神宮の遷宮祭の、実行委員を、されているそうですね？」

「ああ、もともと三重県の出身だからね。伊勢神宮にも、何回も、行っているんだ。だから、遷宮祭の、実行委員をやってくれないかといわれた時は、名誉なことだと思って、すぐに、引き受けることにしたんだよ。その席で、小野寺さんとも、一緒になった」

「私たちは最初、小野寺さんに、話を聞こうと思ったのですが、あいにく、アメリカに、ご旅行中で、あと一週間しないと帰ってこないと、いわれました。それで、同じ実行委員をされている、三宅さんは、小野寺さんのことを、よくご存知でしょうから、それで、お話を伺うことにしたのです」

「そうだよ。小野寺さんは、大事な用事があって、今、アメリカに、出張中だ」

「実は先日、二人で、伊勢神宮に行ってきたんですが、向こうでは、平成二十五年の、遷宮祭の準備で、忙しいという話を、聞かされました。遷宮祭には、多額の資金を必要とするので、ぜひ、応分の献金をしていただきたいという趣旨の、ポスターが、あちこちに貼られているのを、見かけました」

「そうなんだよ。平成二十五年の遷宮祭に備えて、伊勢神宮では、その準備に、大わらわになっている。遷宮に必要な檜を一万本用意しなければならないし、ほかにも必要なものがあり、全部で五百億円を超す資金が必要になると、私は、聞いている。だから、国民の皆さんが、献金してくだされば、いちばんありがたい。私も小野寺さんも、すでに、応分の寄付をしてきた」

と、三宅が、いった。

「伊勢の生まれで、会社の社長をやっている、小原実さんと、黒田勲さんという人を、ご存知ですか？　すでに、何回も、伊勢神宮に、寄付をされている方ですが」

「小原実と、黒田勲かね。どこかで、聞いたことがあるような気がするが」

「小原さんは、小原サービスの社長で、黒田さんは、ジャパン物流の社長です。どちらも、上場企業です」

「ああ、思い出したよ。二人とも、今年で六十歳の、還暦を迎えられた方じゃなかったかね」

「ええ、その通りです」

「そうか、お二人とも、会社の社長さんなのか。それで、小原さんと黒田さんの、二人について、私に、何を、ききたいのかね？」

「三宅さんは、二人に、会ったことがありますか？」

「おそらく、どこかのパーティで、会っていると、思うんだがね。親しく、話をしたことはないんだ」

「小野寺さんは、この二人から、大変、尊敬されていると、聞いたことがあるんですが、三宅さんは、お聞きになったことがありますか？」

「いや、聞いてはいないが、小野寺という人は、とても、面倒見のいい人でね。だから、周りに、人が集まってくる。小原さんと、黒田さんの二人も、そういう人たちの一人じゃないのかね」

「小野寺さんは、誰からも、尊敬されている人らしいですね」

「その通りだよ。何というか、カリスマ性が、あるといったらいいのかな。他人のいうことは、全く聞かないような頑固な人間でも、小野寺さんに会って、話をしていると、自然に素直な気持ちになって、小野寺さんに、心酔してしまう。そういう人なんだよ」

「三宅さんも、小野寺さんと同じで、平成二十五年の遷宮が、無事に、済んでくれることを、祈っているんじゃありませんか？」

十津川が、いうと、三宅は、大きく、頷いて、

「もちろん、そうだよ。私も小野寺さんも、平成二十五年の、遷宮祭の実行委員だからね」

「三宅さんや、小野寺さんのところに、伊勢神宮の遷宮の時に、使って欲しいといって、献金を、持ってくる人も、いるんじゃありませんか？」

「ああ、いるよ。そういう時は、私か、小野寺さんが、預かって、その後で、伊勢神宮に、献金することにしているんだ。もちろん、不正なことは、何一つしていないよ」

と、笑顔で、三宅が、いった。

「大変ですね。三宅さんや小野寺さんに、遷宮祭のための、献金を持ってくる人も多いと、今、お聞きしましたが、金額は、どうなんですか？　大変な金額の、お金を持ってくる人も、いるんじゃありませんか？」

「最近は、バブルが崩壊してしまったので、ビックリするような大金を持ってくる人は、滅多にないね。バブルの最盛期には、札束をドーンと持ってきて、これをお伊勢さんに届けてくれと、そんなことを、いう人が、何人もいたらしいよ」

「今までに、最高で、いくらでしたか？」

「私が預かった、最高額という意味でかね？」

「ええ、そうです。われわれには、神社の寄付というのが、いったい、いくらぐらいが、相場なのか、全く、見当がつかないんですよ。ですから、どの程度の金額が、献金として、三宅さんや、小野寺さんのところに、集まるものなのかを、知りたいと思いましてね。最高と最低が、知りたいのです」

「献金といっても、神社の場合は額を決めているわけではないし、お志ということになっているから、千円の場合もあるし、それ以下の場合もある」

「最高額のほうは、どうですか？　やっぱり、億単位ですか？」

と、十津川が、きいた。

「私の立場では、はっきり、いくらいくらというわけには、いかないが、今、君がいったように、億単位の場合もあるよ」

と、三宅は、いった。

「今、伊勢神宮では、献金を募っていますが、すでに、億単位の、献金をした人が、いるんでしょうか？」

「そりゃあ、いるよ。確かに、今、不景気だが、不景気を吹き飛ばすためには、やはりお伊勢さんにお願いするほかない。そういう人もいるからね」

「さっきいった、小原さんと黒田さんなんですが」

「ああ、大企業の、社長さんだったね」

「そうなんです。その上、二人は、生まれが伊勢でしてね。二人とも、自分こそ昔から、伊勢神宮の日本一の信者を、自負しているんです。ですから、多額の寄付を、尊敬している、小野寺さんに、預けたんじゃないかと、思っているんです。そうだったら、いったい、いくらぐらいの献金をしたのか、それが知りたいので、ご存知だったら、教えていただけませんか？」

「こういうものは、はっきりした金額を、いわないのが、普通なんだが、君の言葉で、思い出したことがある。小野寺さんが、アメリカに行く前に、自分の知っている伊勢神宮の信者の中に、大会社の社長がいて、平成二十五年の遷宮祭に、使っていただきたいといって、多額の金を、預けていった人がいる。金額たるや、並の金額ではないと、いっていたのを、思い出したよ。それも、二人だというんだ。それが、君のいう、小原さんと黒田さんじゃないのかね」

「金額は、億単位ですか？」

「まあ、そんなところだね」

「そうすると、十億円ですか？」

わざと、十津川は、大きな金額を、いってみた。

三宅は、笑って、

「いや、そんなには、多くないよ」

「それでは、半分の、五億円。そのくらいの金額ですか？」

十津川が、いうと、三宅は、ニッコリして、

「小野寺さんに、聞いた金額は、今、君のいった金額と同じ、五億円だった。しかも、二人の伊勢神宮の信者から、五億円ずつ、預かっている。そう、いっていたね」

「二人から、五億円ずつですか。そのお金は、今、どうなっているんですか？　もう、伊勢神宮のほうに、奉納されたんですか？」

「そうなると、思うんだが、小野寺さんからは、五億円ずつ、預かったという話は、聞いているが、それを、すぐに、伊勢神宮に、奉納したという話は、聞いていないんだ。だから、一週間後に、アメリカから、帰ってきてから、伊勢神宮に、奉納するつもりなんじゃないのかね」

「というと、二人で、五億円ずつのそのお金は、現在は、小野寺さんが、預かっているということですね？」

「そうだと思う。しかし、別に悪いことじゃないだろう？」

「もちろんです。預かっていても、別にそれが、法律に触れるというわけでは、ありませんから」

十津川が、いった。

（これで、かなり分かってきた）

と、十津川は、思った。

やはり、小原と黒田の二人には、尊敬する第三者が、いたのだ。

その名前は、三重県選出の政治家、小野寺治、六十八歳で、伊勢神宮の、遷宮祭の実行委員になっている。

その小野寺に、小原と黒田の二人は、五億円ずつ、二月一日に、銀行から下ろして、預けたのだ。

分かったのは、そこまでである。

第六章　ゲームの行方

1

小野寺治代議士の妻の名前は、富美子《ふみこ》である。一時、女帝と、いわれたことがある。それは、彼女が、元総理大臣の娘だったことによる。

その一人娘に、生まれた富美子は、父の秘書をやっていた。そして、当時、三十二歳の小野寺治と、結婚した。

夫の小野寺治を、何とかして、総理大臣にしようと、富美子は走り回ったが、結局、国務大臣で、終わってしまった。

小野寺は、一応、今でも、現役の国会議員ではあるが、ほとんど表舞台に出てくることはない。伊勢神宮の遷宮祭実行委員の肩書のほうが大きくなっている感じだった。

十津川は、小野寺の留守中に、小野寺富美子に会うことにした。今も、富美子は、夫の小野寺治を、総理大臣にできなかったことに、悔しい思いがあるのではないかと、思ったからだった。

十津川と亀井の二人が、大磯《おおいそ》の自宅を訪ねた時、富美子は、揮毫《きごう》を頼まれたといい、半紙に向かって、筆をふるって、七言絶句の詩を、書いていた。

男性的な字だった。

その様子を、黙って見ていた、十津川と亀井に向かって、富美子は、

「ごめんなさい。お手伝いが、お客様がいらっしゃったことを、いわなかったものですから」

「いや、素晴らしい、筆づかいを見せていただきまして、感心いたしました」

と、十津川が、いった。

「お世辞でも、嬉しいわ。とにかく、奥へ入ってくださいな」

富美子は、笑顔になっている。

奥のリビングルームに通され、向かい合って座ると、

「現役の刑事さんが、いったい、どんな御用でしょうか？」

富美子は、十津川に向かって、笑顔で、きいた。

「実は、ご主人の、小野寺治さんのことで、伺いたいことがありましてね」

「それなら、主人に連絡しましょうか？　行き先は、分かっていますから」

「いや、ご主人ではなくて、奥さんから、おききしたいのです」

「主人の、どんなことでしょうか？　もう、国務大臣は辞めていますし、あと二年で古希を迎える人間ですよ。私は、主人が、七十歳になったら、政界から、引退させようと思っているんですよ」

「確か、小野寺さんは、小原実さんと黒田勲さんの二人と、お知り合いでしたね？　この二人は、ともに六十歳で、大きな会社の、社長をやっています」

十津川が、いうと、富美子は、微笑して、

「ええ、そのお二人のことなら、私も、よく存じておりますけど」

「二人に、お会いになったことも、あるんですか？」

「ええ、二カ月ほど、前でしたかしら。お二人揃って、訪ねていらっしゃいましたよ」

「それは、小野寺さんが、伊勢神宮の、遷宮祭実行委員を、やっていらっしゃるからですか？」

「ええ、そうなの」

「私どもが、得た情報では、小原実さんと黒田勲さんは、ともに、今回の伊勢遷宮に対して、五億円ずつを、寄付することに決めた。そう聞いているのですが、本当でしょうか？　その寄付金を一時、小野寺さんが預かっているとも、聞いたのですが、これも、本当でしょうか？」

十津川が、きくと、急に、富美子は、笑い出した。

「五億円ずつの寄付は、私が、勧めたんですもの」

「本当ですか？」

「ええ、本当よ」

「どういうわけで、勧めたのか、話していただけますか？」

十津川が、きくと、

「あの寄付のことが、何か、問題に、なっているんでしょうか？」

逆に、富美子が、きく。

「いえ、とんでもありません。五億円という大金を、ポンと、今回の、伊勢神宮の遷宮のために寄付できるというのは、小原さんにしても、黒田さんにしても、さすがに一流企業の社長さんだなと、われわれは、感心しているのです」

「それなら、どこが、問題なのかしら？」

「問題は、ありません。われわれが、注目しているのは、小原さんも黒田さんも、ともに、伊勢市の生まれで、現在は、二人とも会社の社長を、やっておられます。以前から、小原さんのほうが、黒田さんに対して、劣等感を持っていらっしゃった。それは、同じ伊勢市に、生まれながら、小原さんは貧しく生まれ、黒田さんは旧家に生まれました。その後、二人は、大きな会社を、経営するまでに、至ったのですが、その会社も、黒田さんのほうが、数倍大きな会社だと、いわれています。二人は、伊勢市に生まれたので、以前から、伊勢神宮への寄付は、たびたび、していたようですが、小原さんは、その金額が、黒田さんに及ばないことを、いつも悔しがっていたのだそうです。それなのに、どうして、小原さんは、黒田さんと同じ、五億円という金額を、寄付することにしたのか？　黒田さんのことを、ライバルだと思って、何事にも、負けまいと思っているはずの小原さんが、なぜ、今回の寄付に関して、黒田さんと同じ金額で納得しているのか？　それが、私には、分からないのです。何か、その理由を、奥さまは、ご存知ですか？」

「ええ、知っていますよ」

「どうして、ご存知なのですか？」

十津川が、きくと、富美子は、また楽しそうに笑って、

「さっきもいいましたが、私が、お二人に勧めたんですもの」

と、いった。

「伊勢遷宮の寄付について、その金額を、奥さまが、決められたのですか？」

「ええ、そうなの」

「どうして、五億円と、決められたんですか？　それに、どうして、同じ金額で、小原さんが納得したんでしょうか？」

「お二人のことでは、主人も、困っていたんですよ。特に、小原さんのほうが、ライバ

ル心むき出しで、黒田さんよりも、十円でも、一円でも多い金額を、伊勢遷宮のために、寄付しようとなさる。このままでいると、大ゲンカに、なり兼ねない。そう思って、主人は困っていたんですよ。だから、私が、助け船を出したの」

「それが、五億円ずつの、寄付ですか？」

「ええ」

「でも、それじゃあ、小原さんが納得しないでしょう？」

「あなたがおっしゃったように、小原さんは、今度こそ、伊勢遷宮の寄付金で、黒田さんを、負かしたい一心ですものね。でも、そんなことを、いったら、黒田さんにも意地があるから、小原さんより少しでも多くの金額を、寄付しようとなさるでしょう。それでは、際限がないの」

「そうですよね」

亀井が、頷く。

「どうも、私は頭が悪いものですから、奥さまの考えられることが、よく、分からないんですよ。ぜひ、分かりやすく、説明してくださいませんか？」

と、十津川が、いった。

「簡単なことなの。小原さんと黒田さんに、どのくらい寄付をしたいのと、きいたら、二人とも、途方もない金額を、口にしたから、それなら、五億円を、こちらに、持ってきなさい。主人から、遷宮の事務所のほうに、送るからと、いったんですよ」

「でも、同じ、五億円ずつだと、小原さんのほうが、文句を、いうんじゃありませんか？」

「ええ、もちろん、小原さんは、いろいろと、不満を口にされていましたわ。黒田さんだって、満足は、していませんでしたよ。だから、私が、ゲームにしたらどうって、提案したんです」

富美子が、いった。

「ちょっと、待ってください。それは、犬のお伊勢参りのことですか？」

と、十津川が、きいた。

「ええ、そうなの」

と、富美子は、また、笑って、

「私が、伊勢神宮の本を、読んでいたら、犬のお伊勢参りの話が、出てきたんですよ。それで、これは、面白いと思いました」

「確か、江戸時代には、犬が、お伊勢参りをしたという記録が、残っているそうですね？」

「何だ、ご存知なんじゃありませんか」

「私も、本でちょっと読んだだけなので、詳しいことは、全く、分かりません」

「今もいったように、私が、本で、犬のお伊勢参りというのを知って、これを、うまく使えば、小原さんと黒田さんが、ケンカをすることもないのではないかと思ったんですよ。それで、お二人に、五億円ずつの寄付をしてくれるように、頼んでから、お二人に、相談したの。江戸時代には、犬が一匹でお伊勢参りをして、それが、大変な評判になった。この、犬のお伊勢参りを、一つのゲームにして、お二人で、争ってみませんか？　どちらかが、自分の犬を提供して、その犬に、お伊勢参りをさせる。期限を切って、例えば、出発してから、二カ月と、しましょうか。もし、その犬が、お伊勢参りに、成功したら、お二人が出した、五億円ずつを、一人の寄付金にしてしまう。一人が遷宮に関して、十億円の寄付をして、もう一人はゼロ。そういうゲームにしてみたら、どうかしらと、そんなふうに、いって、勧めてみたんですよ。

そうしたら、まず、小原さんが賛成してくれた。何でも、小原さんは、ゴールデンレトリーバーの会の、会長をなさっていて、十一頭もの、ゴールデンレトリーバーを、所有している。その中で、いちばん賢い犬を選んで、お伊勢参りをさせると、おっしゃるんです。だから、私はいいました。ただ、片方が、二カ月以内に、犬にお伊勢参りをさせるだけでは、不公平だから、もう一人は、東京から伊勢までの間に、いろいろと、妨害することができる。ただし、犬を殺してしまってはいけない。そういうルールを、提案しました。それで、黒田さんも、賛成なさって、このゲームが、始まったんですよ。

小原さんの犬が、お伊勢参りに、成功するか、黒田さんが何とか、それを、阻止して、二カ月以内には、行かせない。二カ月したら、勝敗が、分かるから、それまでは、小野寺が、お二人の、十億円を預かっておく。勝負がついた時点で、小原さんの名前か、あるいは、黒田さんの名前で、十億円を、今回の遷宮に、寄付すると、決まりました。だから、今、そのゲームの、真っ最中なんですよ」

と、富美子が、得意げな顔になっていた。

2

「それで、私も、納得いたしました。もちろん、今、アメリカに行っていらっしゃる、ご主人も、賛成されているわけですね？」

「ええ、私が計画したことを、主人は、あまり反対しませんから」

「なるほど」

と、十津川は、苦笑してから、

「この件は、新聞やテレビに、発表はしていませんね？」

「ええ、していません。発表したら、たくさんの人が、お伊勢参りをする犬を見つけようと、殺到しますものね。そうなると、ゲームどころじゃありませんもの」

「今、問題の犬が、伊勢路の、どの辺りを、歩いているのか、分かっていらっしゃるんですか？」

「いいえ、それは分かりませんわ。主人も私も、今、問題の犬が、どの辺を歩いているのか、全く知りません」

「どちらが、勝ちそうなのですか？」

亀井が、きくと、富美子は、

「そんなこと、私の口からは、いえませんわ。何しろ、私が、このゲームの、発案者なんですから」

「ゲームなら、ルールは決めてあるんですね？」

「もちろん、決めましたよ」

富美子は、そのルールを、書いたというものを持ってきて、二人に、見せてくれた。

それは、簡単なものだった。

第一条　犬が、五十鈴川に架かる橋を渡った時、ゴールと見なす。

第二条　伊勢に到着した犬は、出発した犬と同一犬でなければならない。

第三条　途中、犬に餌を与えるのはいいが、人間が、案内して、伊勢神宮に、参拝させてはならない。

第四条　犬の邪魔をしてもいいが、殺したり、負傷させて、歩行不能にさせてはならない。
第五条　出発した犬が、途中、不慮の死を遂げた場合、代わりの犬をその地点から出発させることができる。

「規則は、これだけですか？」

「ええ、規則は、簡単であれば、簡単なほどいいと思ったんですよ。小原さんも、黒田さんも、この規則に、賛成してくれました。それで、三月十日に、小原さんが、飼っているゴールデンレトリーバーの首に、名札をつけて、伊勢神宮に向かって、出発させたんですよ」

「二人から、何か、文句は出ませんでしたか？」

「ええ、全然出ませんでした」

「小原さんの飼っている、ゴールデンレトリーバーが、首に名札をつけて、二カ月以内に、伊勢神宮に着けば、小原さんの勝ち。着かなければ、黒田さんの勝ち。そういうことですか？」

「結果が、はっきりしていて、いいでしょう？　このくらいのことを、やらないと、黒田さんも小原さんも、納得しないと、思ったの。お二人が、賛成してくださって、よかったと思っているんですよ」

「もう一度、確認したいのですが、もし、小原さんの犬が、お伊勢参りに成功したら、小原さんの五億円と、黒田さんの五億円を合わせた十億円を、小原さんの名前で、寄付することになるわけですね？」

「そうですよ。その場合、黒田さんは、後から、遷宮の寄付は、できないことにしてあるんですよ。そうしないと、面白くありませんものね」

「奥さまが考えられたこのゲームですが、新聞やテレビが、ほとんど、取り上げませんでしたね？」

「ええ、何も知らせませんでしたもの。でも、ゲームの結果が出た時には、大いに、宣伝しようと思っているんですよ」

富美子は、楽しそうに、いった。

「奥さまは、このゲームですが、うまく行くと、思われますか？」

「ええ、もちろん、うまく行くと、思っていますよ。犬がお伊勢参りに成功したら、ニュースとしても、面白いし、それがうまく行かなくても、ニュースになると、思うんですよ。それから、小原さんと、黒田さんですけど、勝者のほうが、遷宮に十億円もの大金を寄付することで、おそらく、新聞や雑誌に、載ることになると思うんですよ。逆に、このゲームに負けたほうは、今回に限って、遷宮には、一円の寄付もしないことに、なってしまう。負けたほうは、さぞや悔しいことになると思うのですが、それは、納得ずくですから」

「二、三、質問してもいいですか」

十津川は、遠慮がちに、いった。

「ええ、どうぞ。警察の方が、今回のゲームに、どんな疑問を、持っているのか、私も、聞いておきたいと思いますから」

「第一は、犬のお伊勢参りのことなんです。私も、お伊勢参りについて、何冊か本を読んでいるので、江戸時代に、犬が、お伊勢参りをしたというのは、知っています。しかし、現在、伊勢神宮では、犬や猫のお伊勢参りを、禁止していますよね？　もし、小原さんの飼っている犬が、無事に、伊勢に着いたとしても、伊勢神宮に入る橋を、渡ることはできないんじゃ、ありませんか？　今もいったように、犬や猫のお伊勢参りは、禁止されているはずですから、橋のたもとに、警官か、あるいは、伊勢神宮の、職員がいて、犬が、そこまでたどり着いても、渡らせようとはしないのでは、ありませんか？その時は、どうなさるおつもりですか？」

「その件ですけど、遷宮祭の実行委員をやっております、主人がいったんです。今、確かに、犬や猫のお伊勢参りは、禁止されているが、江戸時代に倣って、犬や猫の、お伊勢参りを、許可することにしたい。同じ意見の人も、案外多いそうなんですよ。もし、犬が一匹でお伊勢参りなどしたら、大変な、ニュースになるでしょう。そうすれば、宣伝にもなるし、今よりもさらに、お伊勢参りをする人たちの数が、増えるのではないか？　そう考えて、犬や猫のお伊勢参りに賛成している人が、多いというんです。今回、成功すれば、賛成派と反対派が議論して、どちらかに、落ち着くことになると思うのですが、私は密かに、犬のお伊勢参りに、賛成するほうに、期待しているんですよ」

「先ほど、奥さまから、今回のゲームの規則を見せていただきましたが、その中に、こう、書いてありました。第四条なんですが、犬の、邪魔をしてもいいと、書いてあります。これは当然、黒田勲さんの側の、ことになるのですが、どの程度まで許されるのですか？」

十津川が、きいた。

「同じ第四条に、殺したり、負傷させて、歩行不能にさせてはならないと、あるでしょう？　そこまで、行かなければ、どんな邪魔を、してもいいということに、なるんですよ。だから、かなりいろいろなことが、できるような気が、私は、しています」

「確かに、かなりのことができますね」

十津川は、その時、エアガンやガスガン、カラー弾のことを考えていた。エアガンやガスガンで、ＢＢ弾を撃って、それが、犬に命中しても、死んだりは、しないだろう。

また、歩行不能になることも、ないのではないのか？　とすると、ＢＢ弾を撃つことは、許されるのだろうか？

「奥さんは、ＢＢ弾というのを、ご存知ですか？」

「ＢＢ弾ですか？　ああ、知っていますよ」

「どうして、ご存知なんでしょうか？　普通の女性は、あんなものを、撃ったり、興味を持ったりは、しませんが」

「小原実さんと、黒田勲さんを、この家にお招きして、今いった、レースのことを、私が持ち出したんですよ。お二人とも、すぐに賛成してくれたんですけど、その時に、黒田さんが、今、刑事さんがいったように、第四条に、犬の邪魔をしても構わないとあるが、それは、どこまで許されるのか？　例えば、ＢＢ弾で、犬を撃って、そのＢＢ弾が命中して、逃げ出したりしても、それでも、構わないのですかと、黒田さんがきいて、実際に、エアガンやＢＢ弾を、見せてくれたんですよ。ですから、知っているんです」

　富美子が、いった。

「黒田さんが、エアガンとＢＢ弾を、持ってきて、それを、奥さまに見せて、これを、使ってもいいのかと、きいたんですね？」

「ええ、そうですよ。それで、実際に、ＢＢ弾を撃って、見せてくれたんです。だって、そうしてもらわないと、私たちには、どのくらいの、威力があるのか、分かりませんものね。見たところ、あれでは、当たっても、犬は、痛がるでしょうが、平気だと思いました。だから、私は、その程度なら、構いませんよといったんです。小原さんのほうも、そのくらいのことならば、大丈夫ですと、いわれたんです」

「エアガンのほかに、ガスガンというのも、あるんですよ。まあ、性能的には、ほとんど、同じようなものなんですが。それから、BB弾にも、カラー弾というのがあります。その、カラー弾も、黒田さんは、奥さまに見せましたか？」

「ええ、当たると、インクが飛び出すようになっている弾でしょう？　それも、黒田さんが、お持ちになって、実演して、見せてくれましたよ。カラー弾には、ちょっとビックリしましたけど、普通のBB弾よりも、重いので、飛ぶ距離が短くなるし、力も、弱くなります。それが分かって、かえって、カラー弾を使えば、犬に、大きなケガをさせることがないから、安心だという、結論になったんですよ」

　富美子が、いった。

「エアガンとかガスガンを使って、カラー弾で、問題の犬を撃つのは、構わない。つまり、そういう結論に、なったんですね？」

「ええ、小原さんも、納得してくれたので、その点は、合意が、できました。でも、どうして、そんなことに、刑事さんが、関心をお持ちになるのかしら？　いわば、これは、ゲームも遊び、カラー弾も遊び、そういうことになるんじゃありませんか？」

「ええ、確かに、そうなんですが、実は、少しばかり、気になることがありましてね」

十津川は、自由が丘駅近くで、木村豊、二十九歳が、殺された事件のことを、富美子に話した。

「この木村豊ですが、エアガン、あるいは、ガスガンで、ＢＢ弾を撃つのが好きな、一種のガンマニアなんですよ。木村豊は、ガスガンを使い、カラー弾で、伊勢参りの犬を、撃とうとしていたんじゃないかと、考えられるのです。もちろん、まだ推測の域を出ませんが、木村豊が、誰かに頼まれて、問題の犬を、撃とうとしていて、逆に犯人に、殺されてしまった。私は、そんなふうに、思っています」

「でも、おかしいじゃありませんか？　だって、そうでしょう。エアガンかガスガンかは知りませんが、カラー弾で、犬を撃とうとしていた。でも、当たらなかったんでしょう？」

「そうです。当たらず、犬は、逃げてしまったと思われます」

「それなら、何の問題も、ないじゃありませんの？　なぜ、そんな木村さんという人を、誰が、殺そうとしたのかしら？　ひょっとすると、今度のゲームとは、全然関係のないことなんじゃ、ありませんの？」

富美子が、首を傾げる。

「確かに、奥さまがお話しになった犬のゲームとは違った、別のストーリーの中で、この木村豊は、殺されたのかもしれません。その可能性もあります」

十津川は、一応、ゆずったが、内心では、絶対に、犬のお伊勢参りのストーリーの中での殺人だと、確信していた。

「もう一つ、お伺いしますが、奥さまは、今、問題の犬が、どの辺りまで来ているか、本当にご存知ないのですか？」

「それが、今、どこまで、来ているのか、全然分からないんですよ。間もなく、主人が、アメリカから帰ってきますけど、その時までには、正確な情報を手に入れたいと、思っているんですけど」

「再度お尋ねさせてください。犬がお伊勢参りできないほうに賭けている、黒田さんですが、ここに、エアガンと、ガスガン、それとカラー弾を持ってきて、実演したわけですね？　これぐらいなら、規則に、触れない。そういう結論になったんですね？　間違いありませんか？」

「ええ、この部屋で、段ボールや、標的を使って、何回も、実験したんですよ。庭に、標的を作りましてね。何回か、黒田さん自身が、カラー弾を、撃ちましたよ。でも、そのカラー弾は、段ボールに、めり込んだりはしませんでした。だから、安心だということに、決まったんですけど」

「その時、標的までの、距離は、どのくらいでしたか？」

「確か、十五、六メートルくらいだったんじゃないでしょうか？　それ以上近づくと、犬が気がついて、逃げてしまいますから、無理だということでした」

「思いきり近づいて、二、三メートルの距離から、BB弾を撃ったら、その弾は、犬の体内を、貫通してしまう恐れがあります。そういう、至近距離からの射撃は、試してみなかったんですか?」

「そんな短い距離からは、撃つことは、しませんでしたわ。今もいったように、犬に近づいて撃てるのは、せいぜい十五、六メートルくらいまでということでした」

「でも、犬が寝ていたりすれば、至近距離から撃つこともできますよ」

「刑事さんは、何か、誤解していらっしゃるわ」

「誤解していますか?」

「規則の第四条を、よく読んでくださいな。犬の邪魔をするのはいいが、殺したり、あるいは、負傷させて、歩行不能に陥らせてはならないと、書いてあるでしょう? 刑事さんがおっしゃるように、問題の犬が、寝ていたりすれば、確かに、至近距離から、撃つことはできますよ。でも、そんなことをしたら、刑事さん自身が、おっしゃっていたように、弾は、犬の体内を、貫通してしまって、歩行不能に、なってしまうかもしれませんよ。それは、規則で禁じているんですから、至近距離から、撃つはずが、ないんですよ」

そういって、富美子は、笑った。

確かに、富美子の、いう通りだとは、思った。

至近距離から、カラー弾を犬に撃ち込めば、犬は、歩行不能に、陥ってしまうかもしれない。

したがって、その時は、撃った黒田勲のほうが、負けたということに、なってしまうのだ。

しかし、黒田は、いくら何でも、そんな至近距離からは、犬を、撃たないだろうと考える。

を何人か、雇い入れている。その中の一人、木村豊は、殺されてしまった。

小野寺富美子がいうように、十五、六メートル以上離れて犬を狙って撃つ。そんな、のどかな射撃のために、黒田勲が、ガンマニアの、オタク青年を雇い入れたのだろうか？　そこが、引っかかる。

最後に、十津川は、もう一つ、富美子に質問した。

「庭に標的を作って、十五、六メートル以上離れたところから、エアガン、あるいは、ガスガンを使ってカラー弾を、標的に向かって、撃ったわけでしょう？　その時、どのくらいの命中率だったんですか？」

十津川が、きくと、富美子は、笑って、

「正直にいうと、ほとんど、当たりませんでしたわ。標的が動かなくても、あれだけ当たらないんです。犬は、すばしっこく動いているわけでしょう？　おそらく、ほとんど、当たらないんじゃないでしょうか？　当てようとしたら、犬が寝ているか、あるいは、餌を食べている時、それも、せいぜい五、六メートル以内から撃てば、何とか、当たるんじゃないかしら?」

3

その日の、捜査会議で、十津川は、小野寺富美子の話を、本部長に伝えた。

「生まれた時からのライバルだった、黒田勲と小原実が、それぞれ、五億円ずつの現金を小野寺治に預けて、それを、伊勢遷宮の寄付金にすると聞いた時には、何の意味もないことを、やっていると考えて、不思議でした。特に、小原実にしたら、同じ五億円ずつでは、納得はしないだろうと、思ったんですが、今日、小野寺富美子から話を聞いて、ああ、そういうカラクリになっていたのかと、納得がいきました。二人が提出した五億円というのは、賭場の、掛け金のようなものなんですよ。鉄火場では、花札で丁半を賭けるんですが、今回のケースでは、小原実の飼っている、ゴールデンレトリーバーが、果たして自分だけで、お伊勢参りができるかどうかという賭けだったんです。小原実が成功すれば、黒田勲の五億円も手に入って、合計十億円。それを今回、伊勢遷宮のために寄付すれば、完全に黒田勲に勝ったことになります。黒田勲からみると、小原実のゴールデンレトリーバーが、お伊勢参りに失敗すれば、こちらの勝ち。小原の五億円も手に入れ、合計十億円を、伊勢遷宮のために寄付することができます。これが、小原実、黒田勲、そして、小野寺治夫妻が、話し合って決めた、犬のお伊勢参りの、ゲームなんですが、ここに、ルールが書いてあります。小野寺富美子が考えて、小原実と黒田勲の二人にも示して、納得させたというものです」

第一条　犬が、五十鈴川に架かる橋を渡った時、ゴールと見なす。
第二条　伊勢に到着した犬は、出発した犬と同一犬でなければならない。
第三条　途中、犬に餌を与えるのはいいが、人間が、案内して、伊勢神宮に、参拝させてはならない。
第四条　犬の邪魔をしてもいいが、殺したり、負傷させて、歩行不能にさせてはならない。
第五条　出発した犬が、途中、不慮の死を遂げた場合、代わりの犬をその地点から出発させることができる。

「なるほどね」
と、三上本部長が、笑いながら、頷いた。
「私も、犬のお伊勢参りや、エアガンやガスガンなどを使う、オタクの若者たちといった、そんなものが、バラバラに入ってきて、しっくりこなかったのだが、十津川君の話で、やっと、納得することができたよ。大の男二人が、犬がお伊勢参りできるかどうかで、賭けていたんだ」

「確かに、一見のんびりとした賭けですが、よく考えると、五億円という大金がかかっていますし、すでに、拳銃オタクの木村豊という若者が一人、殺されています。ですから、犬に、果たして、お伊勢参りができるかどうかという、子供っぽいゲームではないんですよ」

「私が不思議に思うのは、五億円を賭けて、犬に、お伊勢参りができるかどうかで決めようという小原実と黒田勲の二人が、どんな気持ちで、このゲームを見ているのかということなんだよ。それからもう一つ、どうして、このゲームを、大々的に宣伝しなかったのかね？　その辺が、私には、どうにも分からんのだ」

三上が、いう。

「私も、その点が、不思議だったので、小野寺富美子に、聞いてみました」

「彼女の答えは、どうだったんだ？」

「彼女がいうには、このゲームの決着がついたら、その時こそ、大々的に、宣伝をすると、いっていました」

「大々的な宣伝か。いったい、どんなことをやるつもりなんだろう？」

「決着がついたということは、ゴールデンレトリーバーが、お伊勢参りに成功したか、逆に、成功しなかったかのどちらかになっているはずです。小原実が、十億円を自分のものとして、今回の伊勢遷宮に寄付をするか、黒田勲が、十億円全額を、自分の名前で寄付をするかの、どちらかも決まっています」

「結果が分かってから、宣伝するのは、どういう考えなのかね？　それなら、ゲームが始まる前に、大宣伝したら、もっと、話題になって盛り上がったんじゃないのかね？」

「事前に、この奇妙なゲームのことを、発表し、それに、五億円ずつがかかっていると、新聞やテレビに出てしまうと、その金を、目当てに、ゲームに、乱入してくる人間が、たくさんいるのではないのか？　そうなると、せっかく、考えたゲームが、めちゃめちゃになる。だから、結果が出るまでは、一般には宣伝などはしなかったというのが、一つの理由でしょう。もう一つ、小野寺治は、今も、現役の代議士ですが、今年六十八歳。次間もなく七十歳になってしまうと、夫人から引退を勧告されてしまうと聞きました。次の選挙が、彼にとって、最後の選挙です。それが、来年の七月です。その際には、犬のお伊勢参りや伊勢遷宮の寄付金が、彼にとって、大きな宣伝材料になるんじゃないか。今回のゲームがうまく行けば、小原実と黒田勲の二人に恩を売ることになって、二人から、多額の政治資金が、小野寺治に渡る可能性もあります。そういう生臭い話もあるんです」

「なるほど、小野寺治にとっては、このゲームが、政治活動ということか」

と、三上は、いった後、

「しかし、だからといって、君たちまでが、今回のゲームの、決着がつくまで、何もしないというわけには、いかんだろう？　殺人事件が起きているんだから」

「その通りです」

「それでは、これからの、捜査方針を、私に説明してくれないかね」

三上が、意地悪く、いった。

「私としては、今すぐにでも、いくつかの点を明らかにしたいと、思っています。第一は、お伊勢参りに行ったゴールデンレトリーバーの茶々が、現在、どこにいるのか？　果たして、伊勢に向かって、進んでいるのか？　まず、それを知りたいと思います。第二には、黒田勲が、別人の名前を使って雇い入れた、中村と金子のことです。この二人が、今、どこで、何をしているのか、それも、知りたいですね。第三は、小原実と黒田勲が、今、いったい、何を考えているのかということです。小原実の犬が、お伊勢参りに成功すれば、黒田勲の五億円まで、自分のものになるわけですから、快哉《かいさい》を叫ぶに、違いありません。しかし、負けた時は、どうするのか？　小原は、これまでずっと、黒田勲のことを、ライバル視し、いつかは、負かしてやろうと、誓っていたはずです。今回も失敗したとなった時、いったい、どんなことを考えるのか？　黒田勲についても、同じことがいえます。二人が負けた時、どんな行動に出るものか、それも、知っておきたいと、思っているのです」

「しかし、まだ勝敗はついていないんだ。いずれもきっちりした結論には、到達していないんじゃないのかね？」

また、意地悪く、三上が、いった時、三上の携帯が、鳴った。

三上は、携帯を耳に当て、小声で、何かを話していたが、十津川に向かって、

「今、伊勢の町に、ゴールデンレトリーバーの茶々が、姿を現したそうだ。すぐに、見失ってしまったが、いよいよこれで、今回の事件も、終幕に、近づいているんじゃないのかね？」

「本当に、茶々に、間違いないんでしょうか？」

「目撃者の話では、ゴールデンレトリーバーで、首輪のところに、白い名札のようなものが、付けられていたというから、間違いないんじゃないのかね？」

「それでは、これからすぐ、亀井刑事を連れて、伊勢市に急行したいと思います。その噂が耳に入れば、小原実も黒田勲も、伊勢市に集まってくると、思いますから」

と、十津川が、いった。

すでに、時刻は、午後六時を過ぎていたが、十津川は亀井と二人、すぐ、東京駅に向かった。

「いよいよ、終幕ですか？」

新幹線の中で、亀井が、少しばかり緊張した顔で、きく。

「そうなるんじゃないのかね。とにかく、伊勢参りの犬の茶々が、伊勢市に到着しているんだ。五十鈴川から内宮に架かる橋は、確か、二カ所あったから、そのどちらかを、犬が渡ってしまえば、小原実の勝ちが確定する」

「それなら、当然、小原実も、今頃は、われわれと、同じように、伊勢市に向かって急いでいるでしょうね。黒田勲もです」

「黒田の場合は、おそらく、二人のオタク青年も、一緒だと思うよ。エアガンか、ガスガンとカラー弾をいっぱい持って、黒田の近くにいるに違いないんだ」

「もし、犬が、五十鈴川に近づけば、彼らは、橋を、渡らせまいとするでしょうね。面白いといえば、面白い。伊勢市を舞台にして、一匹の犬を、小原実は、五十鈴川を渡らせようとするし、黒田勲のほうは、二人のオタクと、一緒になって、五十鈴川を、渡らせまいとする。これから、そんな葛藤が、伊勢市を舞台にして、起こるわけですね」

「そうだよ。黒田勲は、必死に、伊勢市内で、茶々を探しているだろうし、小原は小原で、茶々を、見つけ出して、何とか無事に、橋を渡らせたい。そう思って、必死に、動いているはずだ」

名古屋に着く。何とか、近鉄特急の宇治山田行きに間に合った。

駅には、県警の三木《みき》警部が、パトカーで、迎えに来てくれていた。

「例のゴールデンレトリーバーの茶々は、見つかりましたか？」

パトカーの中で、さっそく、十津川が、きいた。

「いいえ、二十人の刑事を動員して、探していますが、まだ、見つかっていません。われわれが、町の中を探し回ると、犬というのは、かえって、隠れてしまうのかもしれませんね」

「小原実と黒田勲の二人は、どうですか？」

「この二人が、現在、伊勢市に、来ているかどうかは、今のところ、不明です。ただ、五十鈴川に架かる、二つの橋の、こちら側のたもとに、昼頃から、二人の男が交代で立っているのが見られています。この二人は、たぶん、黒田勲側の人間でしょう。もし、小原の犬に橋を渡らせてしまったら、自分たちの、負けですから、犬が現れたら、二人で、犬を追い返すつもりなのではないかと、思われます」

と、三木警部が、教えてくれた。

「伊勢の町の様子は、どうですか？」

亀井が、きいた。

「相変わらず、観光客でいっぱいですよ。問題の犬が現れたという話は、当然、明日には、町中に広まりますよ。そうなると、少しばかり邪魔なことが多くなってくるかもしれません。伊勢市内にも、ゴールデンレトリーバーは、十五、六頭はいるといわれています。もし、そういうゴールデンレトリーバーが散歩などをしていれば、町の人間も観光客も、大騒ぎになって追い回すかもしれません。今の私の心配は、そんなところです」

と、三木警部が、いった。

十津川たちが、伊勢警察署に着くと、待っていたかのように、捜査会議が、開かれた。

壁には、大きな伊勢市の地図が、貼られていた。そこに、赤い丸が、一つ描いてあるのは、そこで、町の住人が、ゴールデンレトリーバーの茶々を、見かけたという場所だという。

県警の本部長が、まず口を開いた。

「現在、小原実と黒田勲という、いずれも、大きな会社の社長をしている実業家だが、この二人が、今、あるゲームに関係していると、十津川さんから、教えられた。このゲーム自体は、われわれ県警にとっては、別に捜査対象というわけではない。犬が、お伊勢参りに成功しようが、失敗しようが、われわれ警察には、何の関係もない。このゲームには、五億円という大金が、賭けられているが、十津川さんの話では、これは単なる賭けごとではない。小原実と黒田勲のどちらかが、結果的に、十億円もの大金を手に入れ、それを、今回の伊勢遷宮の資金として寄付することになっているから、いわゆる賭けごとと、いえるかどうか、分からなくなる。問題なのは、今回のゲームに絡んで、東京で、すでに、木村豊という二十九歳の青年が殺されていることだ。殺人事件である。犬に、お伊勢参りができるかということは、警察にとっては、どうでもいいことで、結果が、どうあれ、小原と黒田の二人を取り調べる必要はないと、思っているのだが、東京で起きた、殺人事件のことを考えると、無視もできないのだ。そこで、十津川さんから、今回のゲームに、どう対応したらいいかをきくことにする」

続いて、十津川が、自分の意見というよりも、警視庁の見解として、話すことになった。

「今、本部長がいわれたように、表面的に、今回のゲームを見ると、われわれ警察が、口を挟む余地は、全く、ないのです。犬が、果たして、お伊勢参りをできるかどうか？　それに、このゲームに、賭けるということは、微笑ましいという気分はしても、刑事事件だという確証は、ありません。三月十日、東京で殺人事件が起きていなければ、今回のゲームというか、レースは、ひたすら、微笑ましく、誰もが、楽しめるゲームということができるのです。ところが、東京で起きた殺人事件があります。今、本部長が、いわれた通り、二十九歳の、いわばオタクの青年が、殺されてしまったのです。この殺人事件は、まだ、解決していませんし、被害者の木村豊は、エアガン、あるいはガスガンで、ＢＢ弾を撃つことに、楽しみを見出《みいだ》すようなオタクですが、彼と同じような、オタク二人が、黒田勲に雇われて、おそらく、伊勢市に来ていると思われるのです。黒田勲を含めて、この三人が、何をしようとしているのか？　ただ一つのことしか考えられません。小原実の飼い犬、ゴールデンレトリーバーの茶々が、五十鈴川に架かる橋を渡って、伊勢神宮に、入るかどうか？　もし、入れば、自分たちの負けになりますから、それは、絶対に、防がなければならないのです。そのつもりで、この伊勢の町に来ていると思うのです。茶々は首輪に名札をつけて、三月十日に、東京を出発しました。そして今日、この伊勢の町に来ていることが分かりました。このまま、茶々が橋を渡れば、小原実の、完全な勝ちになります。小原実は、東京で、ゴールデンレトリーバーの会の会長をやっています。その会の人間で、今回のゲームを、何とか成功させたいという会員も、十人、二十人と、いるはずですから、小原実を助けようとして、伊勢の町に来ているると、思わざるを得ないのです。彼らが茶々を見つければ、何とかして、橋を渡らせようとするでしょう。それに対して、黒田たちは、茶々を、橋には踏み入れさせまいとして、ヘタをすると、事件が起きるかも、しれません」

「これから、すぐ、伊勢神宮の、特に、橋の架かっている周辺に、刑事たちを待機させることにしましょう」

と、三木警部は、応じたあと、

「その場合の、行動について、十津川さんにおききしたいのですが、二つの橋のたもとには、おそらく、黒田勲に、雇われた人間が、いると思うのです。刑事たちが、橋のたもとに行けば当然、この人間と、ぶつかってしまいます。その場合、どうしたらいいと、思われますか？　彼らを逮捕、勾留しますか？」

十津川は、少しばかり考えた後、

「そうですね。逮捕は難しいですから、身体検査をしてもらえませんか？　その際、エアガンか、ガスガン、カラー弾を持っていたら、この伊勢警察署に、連行してきてください。東京で、起きた殺人事件では、彼らの仲間が、殺されたわけですから、何か知っているかもしれません。彼らを尋問し、その答えを、見つけたいと思いますから」

「分かりました。伊勢市内で犬を探している刑事たちにも伝えますよ」

三木警部が、約束した。

第七章　レースの結末

1

五十鈴川に架かる橋の中で、皇大神宮、内宮に向かう橋として、考えられるのは、二つだった。一つは、参宮橋とも呼ばれる宇治橋である。宇治橋のほうは、皇大神宮に行く表玄関といわれていて、橋の両側には、鳥居が立っている。

もう一つ、風日祈宮《かざひのみのみや》橋という橋があるが、こちらのほうは、内宮の別館、別宮《べつぐう》と呼ばれる風日祈宮、風雨の神が祀られる別宮で、鎌倉時代、元寇《げんこう》の時に、神風を吹かせて日本を守った神といわれている。その別宮とつながっており、外からは入れない。

十津川は、宇治橋のほうを、監視することにした。

小原にしてみれば、ただ単に、自分の飼い犬の茶々が、お伊勢参りに、成功するだけではなくて、堂々と、表玄関にあたる、宇治橋を渡って行くところを、見たいと思うに違いなかった。

橋のこちら側は、定期観光バスの駐車場になっていたり、参宮案内所があったりする。しばらく、十津川は、亀井たちと一緒に、その参宮案内所の中から、宇治橋を、見張ることにした。

五億円の賭けという話は、まだ、表沙汰にはなっていない。ただ、東京の茶々という犬が、人の手を借りずに、お伊勢参りができるかどうかという噂は、この伊勢の町にも流れていて、カメラを持った観光客が、時々、宇治橋や、ほかの橋の辺りを、うろついている。もし、問題の、お伊勢参りの犬を見たら、写真を撮るつもりなのだろう。

すでに、茶々と思われる、ゴールデンレトリーバーを、伊勢の町で、見かけたという噂が流れてから、十二時間が経っているが、まだ、宇治橋近くに、茶々が、現れたという話はなかった。

今日も、観光バスが、次々に到着しては、車から降りた観光客が、宇治橋を渡って、皇大神宮のほうに、歩いていく。

「私には、どうにも、不思議で、仕方がありません」

亀井が、十津川に、いった。

「カメさんには、問題の茶々が、一向に、現れないことが、不思議なのかね？」

「それもありますが、それ以上に、不思議なのが、黒田勲が雇ったと思われる、二人組です。中村浩介、金子義郎の二人は、高い金で、黒田勲に雇われて、エアガンと、あるいは、ガスガンを使って、BB弾で、茶々が、お伊勢参りをするのを、妨害しようとしているわけでしょう？　この二人の姿を、一向に見かけないのですよ。この辺りにも、現れませんし、おかげ横丁でも、おはらい町でも見かけません。彼らは、いったい、どこで、何をしているんでしょうか？」

「確かにそうだな。すでに、この二人が、茶々を見つけて、どこかに、連れ去ってしまったのかもしれない」

「どうやってですか？」

「やたらに、ガスガンやエアガンで、BB弾を撃つといっているが、本当は、違うんじゃないのか」

「どんなふうにですか？」

「麻酔銃だよ」

「彼らは、麻酔銃は、持っていないと思いますが」

「そうだが、例えば、吹き矢の針の先に、麻酔薬を、塗っておいて、それをガスガンか、あるいは、エアガンで撃てるようにしておく。茶々を見つけたら、それで撃って、麻酔薬を塗った針を、茶々に命中させるんだ。倒れたところを、車に乗せて、連れ去ってしまう。だから、この二人は、今、この辺りを、ウロウロしているはずがないのさ」

「しかし、契約条項があるでしょう？　そんなことをしたら、黒田勲の負けになってしまいますよ」

「確かに、契約上は、そうなっているが、黙って、茶々を連れ去って、知らん顔をしていれば、麻酔銃を撃ったことも、連れ去ったことも、誰にも、分からないんじゃないのかな？　結果として、ゴールデンレトリーバーは、お伊勢参りをすることが、できなかったということになってしまえば、黒田勲の勝ちということになる」

宇治橋の、こちら側の、たもとには、衛士見張所が、置かれている。

十津川が、衛士たちから、聞いたところでは、もし、問題の犬が現れたら、橋を渡る前には、止めずに、犬が、自分の力で橋の真ん中まで行ったところで、押さえるようにと、上から、命令されているという。

参宮案内所の近くには、観光バスの駐車場のほかに、自家用車の、駐車場もある。

夕暮れ近くなって、県警の三木警部が、駐在所に、やってきた。

「今も、刑事たちが、おはらい町や、おかげ横丁の周辺を巡回してはいるんですが、例のお伊勢参りの犬は、まだ、見かけていないようです」

三木が、十津川に、いった。

「それらしい犬を、見かけたというのは、二十四時間近く前でしたね」

「そうなんですが、噂の出所を、追っていくと、どうにも、あやふやなんです。その犬の、写真が撮られたわけではありませんし、ただ単に、ゴールデンレトリーバーを見たので、それが今、噂のお伊勢参りの犬だと、思い込んで、しゃべっているのかもしれません」

「町の様子はどうですか？　お伊勢参りの犬を見たいという人は、多いんですか、それとも、反対の人が、多いんですか？」

と、亀井が、きいた。

「見たいという人のほうが、圧倒的に、多いんですがね。だからといって、犬や猫のお伊勢参りに、賛成だという人が、必ずしも、多いというわけではないんです」

「小原実と、黒田勲ですが、二人とも、すでに、この近くに来ていると思うんですよ。どこに、泊まっているか、分かりませんか？」

十津川が、きいた。

「今、伊勢市内や、その周辺のホテルや、旅館に、電話している最中ですが、まだ、分かっていません。今日中には分かると、期待しているのですが」

三木が、いった。

三木警部が、いったとおり、その日の夜になってから、小原実と、黒田勲の、泊まっているホテルが、判明した。

二人とも、伊勢市内の、別々のホテルに、泊まっているという。小原は、妻の絵理香と一緒、黒田勲は、秘書と一緒に、泊まっているという。

もちろん、小原実も黒田勲も、自分に、忠実な社員たち何人かと、一緒に来ているのだろう。

2

夜が明けていく。おかげ横丁も、おはらい町も、また、いつもの営みが始まった。

十津川は、ふと、何かの気配のようなものを感じて、参宮案内所の外に、飛び出していった。他の刑事も、続く。

何台かの車が、停まっていて、ワンボックスカーの脇から、犬が、走り出していくのが見えた。

ゴールデンレトリーバーである。金色の毛が、光っている。

その犬が、宇治橋に向かって、駆けていく。

「あの犬じゃないか」

誰かが、叫んだ。

犬は、橋を渡る瞬間に、戸惑ったように、止まった。

見張所から出てきた、二人の衛士が、どうしようかと、犬を見つめている。

その犬が、急に、トコトコと、橋を渡り始めた。

二人の衛士が、守るように続いていく。

ちょうど、橋の真ん中まで、来たところで、衛士の一人が、犬を捕まえ、もう一人が、どこかに、携帯をかけている。

拍手が、起きた。

それからが大騒ぎになった。何枚も現場写真が撮られ、問題の犬は、用意してあった檻に入れられて、神宮会館まで、運ばれることになった。

テレビで、問題のお伊勢参りの犬と思われる、ゴールデンレトリーバーが、宇治橋を渡って、確保されたというニュースが流された。

十津川は、県警の三木警部たちと一緒に、問題の犬の確保と、誰かが、いたずらをしないように、守ることに専念した。

地元のテレビ局や、新聞記者が、やってきたが、十津川は、そのどちらにも、犬には、触らせなかった。これからが、大事だという気があったからである。

とにかく、この犬が、茶々であることが証明されれば、五億円の大金が、小原実のものになり、もし、茶々でなければ、同じく五億円が、黒田勲のものに、なるからである。

小原実が、妻と、二人の男を連れて、先に、神宮会館に到着した。

少し遅れて、黒田勲が、秘書二人を連れて、到着した。

午後になって、今回の、賭けの主催者である小野寺治が、遷宮実行委員の、三宅新太郎を従えて登場した。

二人とも、神官の格好をしている。

金屏風《きんびょうぶ》を立てた舞台が、設けられた。

小野寺治が、新聞記者や、テレビのカメラに向かって、今回の賭けについて、説明した。

「今、ここにいるゴールデンレトリーバーが、三月十日に、東京を出発した茶々であることが証明されれば、合計、十億円の寄付金が、小原サービス社長、小原実氏のものに、なります。逆に、この犬が、茶々でないことが、証明されれば、十億円は、ジャパン物流社長、黒田勲氏のものになります。いずれにしても、十億円という多額のお金が、伊勢神宮の、遷宮のために、寄付されることは、間違いありません。これから、慎重に、このゴールデンレトリーバーが、今いった茶々であるか、ないかを検証いたします。それには、さまざまな条件が、ありますので、簡単にはできないと思われますが、何分にも、十億円という寄付金がかかっているので、慎重に、検証するつもりでおります」

小野寺は、まるで、自分が主役であるかのような格好で、記者たちに、説明していった。

小原実が、連れてきた二人のうちの一人は、東京の獣医だった。

その獣医が、三月十日に、東京を出発した時のゴールデンレトリーバー、茶々についての資料を提出した。

種類、ゴールデンレトリーバー、メス、体高五十五・三センチ、体重三十一・二キロ。それに、血統書。血液検査による染色体の説明。

黒田側が用意した獣医と、三重県で、大きな犬猫病院を経営している獣医の二人が、検証していく。

ゴールデンレトリーバーのメス、体高五十五・三センチで、変わらず。体重は、約一キロ減った三十・二キロ。

東京から伊勢まで、長い道のりを歩いてきたのだから、体重が、減っていても、おかしくない。そのほうが、自然なのだ。

問題は、染色体の数と、配列である。それによって、宇治橋の上で捕獲された犬が、茶々であるかどうかが、分かるだろう。

そのため、犬の血液が、採取され、結果の発表は、翌日ということになった。

その日の夜、十津川たちは、神宮会館に、泊まり込んで、問題の犬の、護衛に徹した。

翌日になると、神宮会館の外には、テレビニュースを見た、野次馬や、地元の人たちが、集まっていた。その中には、十津川の妻の直子の姿もあった。

午前十時から、昨日、問題の犬の血液を採取した地元の獣医が、結果を発表することになった。新聞記者や、テレビカメラや、それに、小原実や黒田勲たちも、固唾《かたず》をのんで、その発表を、待った。

まず、東京を出発する前、東京の獣医によって採血された、茶々の血液から分かった染色体について、説明があり、次に、地元の獣医が、血液検査をして分かった染色体の数と配列の発表があった。

二通りの染色体の数と配列が並べられた。

それが、大きなテレビ画面に、拡大されて、映し出された。

地元の獣医が、説明する。

「ご覧のように、染色体の数、配列は、完全に一致しています。厳密に、染色体の数、配列などを、比較した結果、今ここにいるゴールデンレトリーバーのメスが、三月十日に、東京を出発したゴールデンレトリーバー、茶々と、同一の犬であることは、はっきりしています。違ったところは、全く、ありません」

その説明を受けて、小原実が、小さく、ガッツポーズを作るのを、十津川は、見逃さなかった。

十津川は反射的に、黒田勲に目をやった。

しかし、なぜか黒田の表情には、これといった変化は、見られなかった。

地元の獣医は、淡々と、説明しているが、黒田勲の負けを、宣告しているのと、同じことである。それなのに、なぜ、黒田勲は、悔しそうな表情を、見せないのか？

それとも、宇治橋の上で、ゴールデンレトリーバーが、発見された時点で、敗北を覚悟したのだろうか？

この後は、仰々しい、行事のようなことが、進行していった。

昨日と同じように、神官の格好をした、小野寺治と、三宅新太郎が登場した。

「厳粛な結果が、出ました。これによって、小原実さん、黒田勲さんの二人が、それぞれ、遷宮の寄付として提供された、五億円ずつ、合計十億円の金額は、小原実さんの名前で、寄付されることに、なりました」

そこに、ガードマンに守られて、五億円ずつの、一万円札の山が、会場に運ばれてきた。

「この五億円ずつ、合計十億円は、ここにおられる小原サービスの社長、小原実さんと、ジャパン物流社長の黒田勲さんが、今回の伊勢遷宮について、献金された寄付金であります。お二人は、ともに伊勢市の生まれで、子供の時からの、伊勢神宮の敬虔《けいけん》な信者であり、今回の遷宮について、お二人とも、喜んで、五億円ずつを、寄付されたものであります。その時に、小原社長のほうから、江戸時代のことを、思い出し、犬が、お伊勢参りをしてもいいのではないかという、提唱がありました。そこで、私は、思い切って、江戸時代と同じように、犬が、単独で、お伊勢参りができるものかどうかを、試してみよう。面白いじゃないかと思いました。もし、それが、成功したならば、寄付金、合計十億円は、全て、小原社長の単独の名前で寄付することにする。逆に、失敗した時は、犬のお伊勢参りに反対している、ジャパン物流の黒田社長が、単独で、寄付したことにする。そういう提案を、したところ、お二人が快く、これを、引き受けてくださったので、今回のレースになりました。現在禁止されております、犬猫のお伊勢参りが、許されることになるかどうかは、これからの話になるかと、思います。この十億円は、小原実さんの名前で、寄付されることになりました。そこで、五億円ずつ寄付された小原社長と、黒田社長には、この際、気持ちよく、握手を、していただきたい。どうぞ、お二人とも、中央に出ていただけませんか」

小野寺治が、二人を手招きした。

小原実はすぐ立ち上がったが、黒田は、椅子に座ったまま、立とうとしない。

「どうぞ、黒田社長、こちらに、きていただけませんか？」

小野寺治が、催促する。

黒田は、ゆっくりと立ち上がったが、

「私はまだ、このレースに、負けたとは、思っていませんよ」

と、大声で、いった。

3

黒田の一声で、舞台が止まってしまった。

新聞記者たちが、黒田の周りに、集まってくる。

小野寺治は、当惑した顔で、

「黒田社長に、申し上げますが、権威ある獣医の先生が、染色体の数や配列を、厳密に調べて、宇治橋にたどりついたゴールデンレトリーバーが、三月十日、東京を出発したゴールデンレトリーバー、茶々と同一の犬であることを、確認したんですよ。黒田社長は、違うとおっしゃるんですか？」

「私は、違うから、違うと、いっているんですよ」

「しかし、違うという以上、それを証明していただかないと、困りますね」

「たとえ、染色体が同じで、配列も同じでも、もしかしたら、クローンかもしれないじゃないですか？　小原社長が、何頭もの、クローン犬を、飼っているとすれば、同じ染色体の犬が、途中で、すり替えられたとしても、全く分からんでしょう？　そう考えれば、獣医さんの証言も、あてには、なりませんよ」

黒田勲は、妙に、落ち着いた声で、いった。

「私は、そんなバカな真似《まね》は、しませんよ！」

小原が、大声で、怒鳴る。

小野寺治は、助けを求めるように、そばにいた獣医の顔を見た。

その獣医が、黒田勲に向かって、いった。

「確かに、黒田さんが、いわれるように、ここに、二頭の犬がいて、外見も同じ、染色体も同じということも、考えられます。ですから、黒田さんがいっているように、クローン犬の場合であれば、十分に、考えられます。ですから、そのうちの一頭を、東京から出発させ、途中で、ほかの犬にすり替えて、お伊勢参りをさせるケースも、可能性としてはありますが、クローン犬は、いないケースも考えられます。この場合は、小原さんが、クローン犬を使ったということを、黒田さんが、証明する必要がありますよ。そうでないと、小原さんを、侮辱することになってしまいますから」

「もちろん、証明できますよ」

と、黒田が、いう。

「じゃあ、みんなが、納得できるように、証明して、見せてくれ！」

小原が、ケンカ腰で、いう。

「私は、以前、小原社長が、ゴールデンレトリーバーを、何頭も飼っていることを、聞いていました。そのうちの何頭かは、クローン技術によって作られた、クローン犬であるという噂も、聞いていました。しかし、そのこと自体に、別に反対ではありませんし、全く同じゴールデンレトリーバーがほしいという、小原社長の、個人的な願いだろうと、思っていたのです。

ところが、ここにきて、突然、今回の伊勢遷宮について、寄付金五億円ずつを、賭けようではないかという話が、持ち上がってきたのです。そこにいらっしゃる、小野寺治先生から、受けて立つ気があるかどうか、聞かれたのです。その時、私の頭にひらめいたのは、小原さんが、クローン犬を、何頭も、持っているという噂でした。まさかクローン犬を使って、この神聖な遷宮の寄付について、私を、騙《だま》すまい。小原さんがそんなことをすることは、ないだろう。私は、そう思って、小野寺先生には、引き受けるという返事をしたのです。そして、今回のレースが、始まりました。そこで私は、万一に備えて、一つの手段を、取ることにしました。幸い、小野寺先生から示された、今回の賭けに対する条件についていえば、東京を出発した犬が、途中で、別の犬に代わってはいけない。そういう一項目が、ありました。もし、小原さんが、私を騙すとすれば、途中で、クローン犬と、すり替えるのではないか？　いわば、途中を飛ばして、東京を、出発した犬と、伊勢に現れた犬とが、別の犬に、なってしまうのではないか？　そうした騙しが、怖かったのです。

そこで、私は、ガスガンやエアガンでＢＢ弾を飛ばす、名人の、いわば、オタクを雇うことにしました。別に、小原さんのゴールデンレトリーバーを、殺すためではありません。小原さんに、クローン犬を、使われた時の用心のためです。私は、彼らに、カラー弾を用意させました。私は、東京から、伊勢までの区間を、三つに分けました。そして、第一の区間で、もし、茶々を、見つけたら、カラー弾を撃つ。命中すれば、絶対に落ちることのないカラーが、茶々の皮膚に、ついてしまいます。第一の区間では青、第二の区間では赤、そして、第三の区間では、黄色と決めました。

東京から、小原さんのゴールデンレトリーバー、茶々が、出発しました。私が雇っていた木村豊という青年が、自由が丘駅近くで、茶々を発見し、ガスガンで、カラー弾を撃ち込みました。色は青です。茶々は悲鳴も上げず、そのまま走り去ったと報告してきました。ところが、その直後に、木村豊が、殺されてしまったのです。そこで、私は考えました。私が、ただ、カラー弾を使用することによって、同一犬か否かを、証明しようとしているのに、小原さん本人か、あるいは、味方する人は、茶々が、殺されるのではないか？　そう考えて、木村豊を、殺害してしまったのではないか？　そう思いました。それで、こういう危険なことをするのを、やめようかと思ったのですが、不正は、許してはいけないと考え、二人の青年、中村浩介、金子義郎に、計画通りに、作戦を遂行するように伝えたのです。このほか、私は、茶々を発見するために、何十人もの人間を、雇いました。何としてでも、東京から伊勢まで行く道筋で、茶々を、発見したかったからです。この企ては、うまく行きました。茶々が見つかると、今いった、二人の青年が、担当するその区間に、合わせたカラー弾を、見つけたゴールデンレトリーバーに、撃ち込みました。いずれも遠くから撃ったので、犬には、全く、傷がつかなかったと、私は信じています。

そうして、今、ここに、お伊勢参りの犬が、確保されています。もしこれが、私が考えるクローン犬でなく、ただ一頭の、茶々ならば、その犬の体には、青、赤、黄色の三つのインクが、染み込んでいるはずです。そこで、獣医さんに、それを、調べていただきたいのです。もし、このゴールデンレトリーバーに、青、赤、黄色の三つのインクが、付着していたら、私は潔く、敗北を認めます。しかし、もし、黄色のインクしかついていなければ、それは、東京を出発した茶々とは違う、クローン犬なのです」

4

二人の獣医が、檻の中から、そっと、ゴールデンレトリーバーを出して、一緒になって、慎重に体を調べ始めた。

周りに集まっていた、新聞記者や、テレビのカメラマンたちが、息をのんで、その作業を見つめている。

作業が、終わった。

「今、綿密に、このゴールデンレトリーバーの体を、頭の先から、しっぽの先まで、調べましたが、発見されたのは、黄色いインクだけです」

緊張した声で、獣医が、発表した。

声にならない、どよめきが生まれた。

そのどよめきを、消すように、小原が、大きな声で、叫んだ。

「そんなことで、どうして、私が、インチキをしたという証拠に、なるんですか？　黒田さんが依頼した青年たちが、それぞれの、カラー弾を撃ったとしても、それが茶々に当たったと、どうして証明できるんですか？　三カ所の区間を、区切って、青、赤、黄色のカラー弾を、撃ち込んだといっていますが、第一区間、第二区間とも、命中しなくて、第三区間になって、やっと、命中したのかもしれないじゃないですか？　それならば、茶々に、黄色いインクしか、ついてなくても、おかしくないんだ！」

と、小原が、いう。

このあと、凄《すさ》まじい非難合戦になった。

黒田勲側は、宇治橋の上で、保護されたゴールデンレトリーバーの体に、黄色いインクしかついていなかったことから、これは、東京を出発した時の、茶々ではなくて、すり替えられた、クローン犬であるといって、小原実を告訴した。

小原実のほうも、自分と、六百キロの距離を歩いて伊勢に到着した茶々が、侮辱されたとして、黒田勲を告訴し、すぐ、弁護士を用意すると、発表した。

そうした空気の中で、十津川は、亀井に向かって、

「すぐ、東京に帰るぞ」

十津川は、今までにないほど、急いでいた。

とにかく、宇治山田駅まで、パトカーで送ってもらい、すぐ、近鉄線の特急に乗り換えた。名古屋からは、東海道新幹線「のぞみ」に乗った。

「警部は、やたらに急がれますが、どうしたんですか？」

新幹線の中で、亀井が、きいた。

「今しか、急ぐ時は、ないからだよ」

と、ぶっきらぼうに、十津川は、いった。

「東京で、解決するような、問題ですか？」

十津川は、携帯を使って、東京に残っている西本刑事たちに、連絡を取った。

「今から小原邸に行って、そこにいる、ゴールデンレトリーバーの、全ての犬を確保しておくんだ。一頭ももらすな。もし、文句をいう者があったら、殺人事件の捜査だから、必要だといえ」

十津川は、その後で、亀井に向かって、急ぐ理由を、説明した。

「犬のお伊勢参りだが、最初は、小原実が勝ったように、見えた。しかし、黒田勲側の説明によって、どうやら、小原のほうが、犬のすり替えをやったらしいと、分かってきた。しかし、その証拠はない」

「小原実は、前もって、問題のゴールデンレトリーバー、茶々と、全く同じ犬を、クローンによって、作っておき、途中ですり替えて、東京から伊勢神宮まで、同じ茶々が、歩き通したように見せかけたと思われる。黒田側は、そういっていますね」

「私は、黒田勲のいうことが、正しいと思っている。ただ、黒田勲側の証言が、正しいことを、証明するためには、茶々と同じクローン犬が、何匹もいたことを、証明しなければならない。だから、今、小原邸にいる、何頭かのゴールデンレトリーバーを、押さえてしまいたいんだ」

十津川が、いった。

「小原実のほうが、有利な点もありますよ」

と、亀井が、いう。

「そんなものが、あるかね?」

「黒田勲のいい分は、こうです。前もって、小原実は、茶々と、全く同じクローン犬を、何頭も育てておいて、今度の賭けレースに、それを、利用した。そういっています。しかし、今度の賭けは、小野寺治の妻の富美子が、小原実と黒田勲の二人に、犬のお伊勢参りの賭けを、持ち出して、今度のレースが、始まったわけです。小原実は、今回の賭けのことを、前もって知っていなければ、クローン犬を育てる必要はなかったわけです。ゴールデンレトリーバーは、子犬が、大人の犬になるまでには、六カ月から九カ月が、必要だといわれています。人間に比べれば、はるかに早く、大人になるわけですが、それでも、少なくとも、六カ月から九カ月前に、小原実は、今回の、犬のお伊勢参りのことを、知っていなければ、計画は、立てられないことになってしまいます。これを証明するのは、難しいですよ」

「だから、小野寺治と、三宅新太郎の二人は、小原実と、グルなんだ。そうでなければ、今回の賭けは、カメさんのいう通り、成立しないからね」

と、十津川は、いった。

「しかし、小野寺治は、現在も、代議士で、六十八歳です。三宅新太郎も、六十五歳で、元文化庁の役人です。その上、二人とも、伊勢遷宮の、実行委員にもなっています。そんな二人が、五億円ずつ、十億円もの寄付を賭けた、犬のレースを、考えるでしょうか？」

「普通は考えないさ。だから、今回の伊勢参りのレースについては、誰も、疑わなかったんだ」

十津川は、いった。

小野寺治は、確かに、亀井のいう通り、現職の代議士である。

しかし、今年六十八歳。七十歳になったら、選挙に出ないという夫人との約束になっている。

ということは、来年の、総選挙は、小野寺治にとって、最後の選挙ということになる。

となれば、何としてでも、当選したいだろう。ということは、来年の選挙には、金がかかるということである。

もう一人の、三宅新太郎は、元文化庁の役人である。伊勢遷宮実行委員の一人だが、これは、名誉職なのだ。

三宅の正業は、ファストフードのチェーン店をやっている、株式会社の社長である。

ファストフードの店は、今、難しい時期にぶつかっていて、店の改装などに、金がかかるだろう。

小野寺治も、三宅新太郎も、金が、必要なのだ。その金を、小原実が用意したとすれば、三人が組んで、あらかじめ、クローン犬を、育てておいて、十億円を賭けた、伊勢参りの犬のレースに持っていったとしても、おかしくはない。

東京駅には、西本刑事が、パトカーで、迎えに来ていた。

十津川と亀井は、さっそく、永福町の小原実の屋敷へ向かった。

「犬は、確保したか？」

十津川が、車の中で、きく。

「小原邸にいたゴールデンレトリーバー、全部確保しました。全部で八頭です」

と、西本が、いう。

「少ないな。確か、十一頭の、ゴールデンレトリーバーが、いたはずなんだ」

と、十津川は、いった。

十津川の妻、直子は、小原が、会長になっている、「東京ゴールデンレトリーバーの会」の会員になっていて、確か、十一頭のゴールデンレトリーバーがいたと、いっていたからである。

「その八頭の中に、クローン犬はいたか？」

「今、専門の獣医が、調べていますが、まだ、結論は出ていません」

「小原邸には、何人、留守番がいたんだ？」

と、十津川が、きいた。

「男三人と、お手伝いの女性一人です」

「その四人は今、どうしている？」

「お手伝いの、六十歳の女性は、小原邸に残ってもらっていますが、ほかの三人の男性は、捜査本部に、連れていき、身柄を確保しています。伊勢にいる小原に、連絡をとられては困るので、携帯も全部、取り上げています」

と、西本が、いった。

永福町の小原邸には、日下刑事や、北条早苗刑事、あるいは、三田村刑事などが、集まっていた。

六十歳の、和服姿のお手伝いは、新しく着いた十津川と亀井に、お茶を、出してくれた。

母屋につながる大きな庭と、そこに、作られた犬舎には、八頭の、ゴールデンレトリーバーがいて、二人の白衣姿の獣医が、一頭一頭、丹念に、調べていた。

「この犬を確保したことについては、伊勢の小原実には、もちろん、連絡を取ってあるんだろうな?」

十津川は、日下刑事に、きいた。

「今日、午後一時に、接収したんですが、その時ここにいた男に、連絡させました。そのあと、三人を、捜査本部に連行しています」

日下が、答えた。

「前に、ここに、何頭のゴールデンレトリーバーがいたか、きいたか?」

「三人にきいたところ、最盛期には、十八頭のゴールデンレトリーバーがいたと、証言しています」

「それが今は、八頭しかいない。ほかの犬はどうしたんだ?」

「それも聞きましたが、希望者に、分けてしまったので、今は八頭しかいない。それが答えでした」

と、日下が、いった。

十津川は、お茶を飲んだ後、犬舎のほうに歩いていった。

十津川は、そこにいた、獣医の二人に向かって、

「この八頭のゴールデンレトリーバーの中に、クローン犬が、いるかどうか、すぐに、分かりますか？」

「さっき、別の刑事さんからも、同じことをいわれたので、今、八頭の犬について、血液を採取しているところです。これを、持ち帰って、染色体の数や配列などを、徹底的に調べてみるつもりです」

「どのくらいで、分かりますか？」

「そうですね、今日いっぱいは、かかると思いますね。慎重に、やらなければいけないので」

と、獣医が、いった。

それまでは、この、小原邸は保全し、ここにいた三人の社員は、身柄を確保しておく必要があった。

十津川はすぐ、上司の三上本部長に電話して、家宅捜索と、三人の社員の身柄拘束の

令状を、送ってもらうことにした。

一時間もすると、その令状が必要な事態が起きた。

真田《さなだ》という、小原実の顧問弁護士が、車で、やって来たからである。

真田弁護士は、十津川の顔を見るなり、

「これは、いったい、何ですか？　説明していただきたい。不法にも、他人の家を占拠し、そこにいた、小原サービスの社員三人を留置した。もちろん、令状はあるんでしょうね？」

「もちろん、ありますよ。三月十日、自由が丘駅付近であった、殺人事件の捜査に必要だからです」

十津川は、寸前に届いた二つの令状を、真田弁護士に示した。

真田弁護士は、それを見て、小さく肩をすくめた後、

「これだけは約束していただきたい。この家を占拠した以上は、何も、壊さない、何も持っていかない。ここは、犬がいますから、その犬は、負傷させたりしない。これは、約束してもらえますね？」

「ええ、もちろん、約束しますよ」

十津川は、頷いてみせた。

かえって、刑事たちのほうが心配して、十津川に向かい、

「もし、八頭全部が、クローン犬でなかったら、どうしますか？」

と、きくと、十津川は、

「必ず、クローン犬が、いるはずだよ。小原実は、犬が大好きなんだ。その犬に、お伊勢参りをさせて、十億円の寄付を、独り占めにしようとした。そのために一生懸命になって、クローン犬を、作ったと思う。そのクローン犬をいたずらに、捨てるはずがない。私はそれよりも、自由が丘の殺人事件の犯人のことを、考えているんだ」

「その犯人も、警部は、小原実だと、思っているんですか？」

「小原実か、あるいは、彼が使っている、社員だろうね。小原実は、クローン犬を作っておいて、その犬に、お伊勢参りをさせる、計画を立てた。ところが、それを、阻止しようとして、黒田勲が、エアガンやガスガンで、BB弾を撃つ名人を雇った。それで、小原は、勘違いしてしまったんだよ。せっかく作ったクローン犬が、殺されてしまうんじゃないか？　その上、殺されて、死体が見つかってしまったら、クローンだということがばれてしまう。心配しすぎたあげく、小原は、木村豊を、殺してしまったんだと思うね。もし、カラー弾を撃ち込むだけのために、黒田勲が、若者を雇ったと知っていれば、殺人は、起こらなかったんだ」

十津川が、小さく肩をすくめた。

5

翌朝、二人の獣医によって、八頭の、ゴールデンレトリーバーのうちの、六頭が、クローン犬であると、十津川は、知らされた。クローン犬が可愛くて、捨てられなかったのだろう。

これが、小原実にとって、致命傷になった。

クローン犬は、作っているが、今回のレースには、使わなかったといえばよかったのに、強気に出て、黒田勲を、告訴してしまったのだ。

十津川は、捜査本部に留置した三人の社員に向かって、クローン犬が、発見され、小原実が、伊勢参りのレースに、敗北したことを告げると、その中の一人が、急に体を震わせて、十津川に、

「私が、茶々の邪魔をしている男を、殺してしまいました」

と、いきなり、告白したのである。

柴田邦夫《しばたくにお》という三十歳の男は、今回のレースに備えて、小原実から、臨時に雇われた社員だという。

昔、犬猫の販売店で、働いていたこともあり、犬には詳しいので、雇われたのである。

小原実は、前もって、十頭以上のクローン犬を作り、今回のレースに臨んだ。その前に、クローン犬を使って、東京から三重の、伊勢神宮まで行く道路を、実際に歩かせて、そのスピードや、どの辺で、迷ってしまうかなどを、調べていた。

一日目の三月十日には、柴田邦夫は、茶々を、夕方になって、自由が丘周辺まで、進むはずだと分かっていたので、柴田邦夫は、茶々を、守るために、その辺りを、見張っていた。

そこへ茶々が現れたので、ホッとしていると、いきなり三十歳前後の男が、茶々に向かって、ガスガンを、発射した。

もし、ここで、殺されてしまい、死骸が見つかってしまったら、クローン犬であることが、分かってしまって、小原の完全な敗北になる。柴田も、百万円の成功報酬が、もらえなくなる。

柴田は、かっとして、銃を持っている男、木村豊を、護身用のナイフで、刺殺してしまったのだという。

「小原社長からは、今回のレースだけは、絶対に、勝たなければならない。そのためには、何をやってもいい。その働きに合わせて、百万円の成功報酬を払う。そういわれていた」

と、柴田は、いった。

小原サービスの社員たち、特に、社長の小原から、目をかけられている、何人かの社員たちは、ワンボックスカーに、茶々と同じ、クローン犬を何頭か乗せて、前もって、予測した道路を、流して走り、疲れ切って、倒れているのを、見つけると、元気のいいクローン犬と、取り替えて走らせていたと、柴田が、教えてくれた。

その回数は、六回に、わたったという。

つまり、六匹の、茶々と同じクローン犬が、東京から伊勢まで歩いたことになる。

弱った犬は、小原の別荘がある、軽井沢に連れていき、そこの犬小屋で、休ませているとも、教えてくれた。

すぐ、十津川の部下が、その別荘に飛んで、同じクローン犬、六頭を発見した。

6

小原実が、詐欺容疑と、殺人事件の主犯として逮捕されると、彼の自白によって、小野寺治と、三宅新太郎の二人も、相次いで、逮捕された。

完全な中立者を装っていた二人も、十津川が想像した通り、小野寺治は、来年の選挙に対する、援助をタネに、小原実に買収され、三宅新太郎は、店の改修費をエサに、小原実に、買収されていたのである。

事件が解決するに伴って、さまざまな、反応が生まれた。

例えば、小原実が、用意した五億円と、黒田勲が用意した五億円、合計十億円の、遷宮に対する寄付については、殺人事件が絡んでいる、金銭であるとして、伊勢神宮側が、受け取りを拒否した。

小原実が、クローン犬を、殺さなかった理由については、こう自供した。

「今、不景気で、私の会社、小原サービスも、ここ二年、マイナス成長に、陥ってしまっています。そんな中で、唯一、景気がいいのは、ペット産業なんですよ。ペット、特に、おとなしくて、賢いゴールデンレトリーバーを飼う家が、多くなりましてね。犬のほうは、いくらでも、需要があるんです。そこで、私は、クローン犬を何頭も作って、それを、売ることを考えたんです。その過程で、このクローン犬に、伊勢参りを、させたらどうかと考えて、小野寺治さん、三宅新太郎さんを、買収しました。もし、うまく行っていたら、茶々が、いや、茶々と同じクローン犬が、お伊勢参りをした犬として、有名になり、私が作ったクローン犬は、高価で売れるはずだったんです。それがダメになりました。残念です」

最後は、犬のお伊勢参りである。

ゴールデンレトリーバー、茶々のお伊勢参りについては、ケチが、ついてしまったのだが、不思議なことに、宇治橋の上で確保された、ゴールデンレトリーバー、茶々のクローン犬が、やたらに、有名になって、ぜひ飼いたいという人が殺到した。

「それで、そのクローンのゴールデンレトリーバーは、どうなったんですか？」

記者の一人に聞かれて、十津川は、ニッコリして、

「もし、あなたが、お伊勢参りをすることがあったのならば、有名な、赤福で一休みされたらいい。赤福の本店の庭に、その、ゴールデンレトリーバーがいますよ。とにかく、どこから引き継いだかは分かりませんが、最後に、伊勢市に着いて、宇治橋を渡ったのは、確かに、その犬ですからね」

解説

山前　譲

犬に単独でお伊勢参りをさせる？　そんな実験の話を聞き込んできたのは、十津川警部の妻の直子である。十津川家では一年前からゴールデンレトリーバーを飼っていた。直子は「東京ゴールデンレトリーバーの会」に入ったほどだが、その会長で伊勢出身の会社社長の小原が、自分の飼っている十一頭の中で一番頭が良くて、行動力のある茶々に伊勢神宮を参詣させようというのである。そして三月十日、茶々は小原の自宅がある東京都杉並区から旅立った。

翌日の早朝、東急東横線自由が丘駅近くの路上で、木村豊の死体が発見される。十津川警部は事件発生の報を受けて現場へと向かう。死因は刺殺だった。ポケットにガスガンが入っていたが、自宅マンションへ行ってみると、やはりモデルガンやガスガンがたくさんあった。年齢は二十九歳と分かったが、それ以外の身元は不明である。そして西本刑事が聞き込んできた。前日の夜、事件現場で大きなゴールデンレトリーバーが目撃されていたと……。

街角やテレビで「伊勢」と耳にすれば、思い出すのは伊勢エビに伊勢うどん、そして赤福餅……つい食欲が先行してしまうのだが、ここはやはり伊勢神宮を真っ先に思い浮かべるべきだろう。内宮《ないくう》と外宮《げくう》のふたつの正宮《しょうぐう》合わせて百二十五の宮社の総称で、正宮は三重県伊勢市にあるが、鳥羽市や志摩市などにも分布している。

じつは伊勢神宮は通称なのだ。正式名称は「神宮」で、日本各地にある神社とは別格に位置づけられている。皇室の氏神が伊勢の地に祀《まつ》られた経緯は『日本書紀』に綴《つづ》られている――別格なのも納得だろう。内宮には皇室の祖神とされる天照大御神《あまてらすおおみかみ》が、外宮には衣食住の守り神である豊受大御神《とようけのおおみかみ》が祀られている。

その伊勢神宮を参詣するお伊勢参りが、乱世の時代に終わりを告げた江戸時代には、観光の要素が加味されて盛んになった。日本各地から多くの人が伊勢を目指している。伊勢神宮参詣の名目なら通行手形の発行も簡単だったらしい。

そして時には、お蔭参《かげまい》りと称する集団参詣が、つまりはお伊勢参りの大ブームが起こったのだ。文政十三（一八三〇）年のお蔭参りには、半年ほどの間に四百万人以上が参詣したと推定されている。当時の日本の人口は三千二百万人ほどだというから、とんでもない数である。二百万人、三百万人という規模のものは何度もあった。

人間だけではない。当時は犬も伊勢神宮を参詣したという記録が残されている。それも人に連れられてではなく単独で、である。仁科邦男『犬の伊勢参り』（二〇一三年、平凡社新書）によれば、その最初はやはりお蔭参りが起こった明和八（一七七一）年だという。ちゃんと拝礼の仕草をして参詣する、赤と白のまだらの犬が目撃されたのだ。付けていた名札によれば飼い主は山城国、今の宇治市の人だった。事情でお伊勢参りができない人たちの代参として、その後も犬単独でのお伊勢参りが何度も目撃される（牛や豚の例もあったという）。

　それを現在に再現しようとしたのが小原社長である。ただ、作中でも触れられているように、じつは伊勢神宮では、盲導犬や介助犬を別にすれば、犬は本宮には入れない。いや、猫や兎《うさぎ》などほかのペットもダメなのである。その理由を詳しく記す余裕はないが、やはり神聖な地であることを意識しなければならないようだ。だから茶々が無事に伊勢神宮に着いたとしても、参拝は許されないだろうと思われた。

　しかし、十津川直子の意見は違った。「どんな徳が、あるんだろう」と疑問視する夫にこう語るのだ。

「徳なんか、何も、ないかもしれないけれど、犬が、お伊勢参りをするということ自体、素晴らしいことじゃ、ないかしら？　東京から、一頭の犬が、お伊勢参りに出発して、無事にそれを済ませたら、大変なニュースになると、思うわ。それに、お伊勢参りをする人も、増えると思うの。犬でさえ、お伊勢さんが、好きで、お伊勢参りをするんなら、人間も、一生に一度は、お伊勢参りを、しなくてはいけない。そんな雰囲気が出ると、思うから」

そんな直子の思いも後押しして、茶々は伊勢神宮を目指す。江戸時代、江戸から伊勢までは片道十五日ほどの旅だったという。もちろん人間の足でのことだから、犬だったらもっと短期間で着くかもしれない。

ただ、江戸時代のお蔭参りの時期なら、街道に伊勢へ向かう旅人がたくさんいて、なにかと犬の面倒を見てくれたのだ。『犬の伊勢参り』によれば、餌代や船代として銭を与える人もたくさんいたという。その銭は首に紐《ひも》でくくられたが、あまりに重くなると、代わりに人が運んだこともあったようだ。信心深い犬だとして、道中、ずいぶん厚遇されたらしい。

しかし、今はさすがに歩いて伊勢神宮を目指す人はいないだろう。小原社長も成功させようといろいろ考えたようだが、交通事故の可能性も少なくない。茶々はかえって江戸時代よりも危険な目に遭うのではないだろうか。それなのにいったい何故、こんな実験をするのか。じつはそこに本書のメインの謎があるのだ。

一方、東京で殺された木村豊はサバイバルゲームの愛好家で、その仲間がふたり、失踪していることが分かった。十津川警部はこの事件に茶々が関係しているのではないかと考えるが、上司の三上本部長は歯牙にもかけない。しかし、十津川は強引に、亀井刑事とともに伊勢へと向かうのだった。

その捜査の旅はまさにトラベルミステリーの楽しさに満ちている。十津川と亀井は名古屋で、新幹線から近畿日本鉄道の特急「伊勢志摩ライナー」に乗り換える。シートはゆったりとしていて、ワイドな窓から景色を存分に楽しめる観光特急だ。車中で駅弁を味わうふたりに、捜査の緊張感はあまりない。

宇治山田駅で下りると、亀井が駅舎の壁に「犬にお伊勢参りをさせる会　事務局」の大きなポスターを発見する。茶々の写真もあった。犬のお伊勢参りには何か意図がありそうだが、ふたりはまだしばらくは観光客気分である。

駅前から内宮行きのバスに乗った。神宮会館前で下りるとまず向かったのは赤福本店だ。観光客で賑《にぎ》わうレトロな町並みのおかげ横丁の一角で、名物のお菓子を味わう。次は「つぼや」という店で煙管《キセル》を一服する。

隣の宝くじ売り場には、なぜか大きなカエルの置き物があった。そこにもあのポスターが貼ってあったが、逆に犬のお伊勢参りに反対するポスターも貼られていた。そんな対立関係は、やはり伊勢に来てみなければ分からないことだったろう。

そして、神官の案内で、五十鈴川にかかる宇治橋を渡って内宮を見て回り、タクシーで今夜泊まる鳥羽のホテルへ行くと……。まさに物見遊山と思えるかもしれないが、十津川らはこの旅で事件解決の重大なヒントを摑《つか》むのだ。

そんな捜査行で触れられているのが、現在も多くの参詣客が訪れている伊勢神宮の大きな行事、二十年に一度行われる式年遷宮だ。内宮と外宮の正殿などを造り替え、神宝や宇治橋も造り替える。一時途絶えた時期もあるが、七世紀末から続いてきた。

本書『伊勢路《ルート》殺人事件』は二〇〇八年十二月に徳間書店より刊行されたものだが、作中でも触れられているように、二〇一三年の第六十二回になる式年遷宮が迫っていた。結果として、その遷宮にはなんと約五百五十億円もかかったという。用いたヒノキ材は一万本を超えたというから、いかに大規模なことであるかが分かるだろう。ただ、二十年に一回、遷宮するということに確たる理由がないというのが面白い。建物の造り的に新築することが必要だとか、技術の継承とか、いくつか考えられる理由はあるようだが……。

ちなみに、伊勢神宮とともに歴史のある出雲大社は、六十年から七十年に一度、遷宮するそうだ。西村京太郎氏は『十津川警部 出雲伝説と木次《きすき》線』（二〇一八年、実業之日本社）でその出雲大社を作品の中心テーマとしていた。

そして、『十津川警部 特急「しまかぜ」で行く十五歳の伊勢神宮』（二〇一五年、集英社文庫）でも、西村氏は伊勢神宮をメインの舞台としている。第二次世界大戦中の空襲の危機にさらされていた伊勢神宮への学徒動員が、七十年後に新たな惨劇をもたらすのだった。

古くから日本人の信仰の中心となっていた伊勢神宮と、そこを単独で目指すゴールデンレトリーバー。その旅の行く末は？　十津川警部たちが捜査する殺人事件の真相は？　東京と伊勢を結んでの推理行は謎に満ちている。

（やままえ・ゆずる　推理小説研究家）

本書は二〇一〇年十二月、徳間文庫として刊行された作品を再編集しました。

＊この作品はフィクションであり、実在の個人・団体・事件などとは、一切関係ありません。

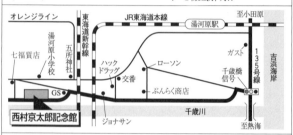

集英社文庫

伊《い》勢《せ》路《ルート》殺人《さつじん》事件《じけん》

2018年4月25日　第1刷　　定価はカバーに表示してあります。

著　者　西村《にしむら》京《きょう》太郎《たろう》
発行者　村田登志江
発行所　株式会社　集英社
東京都千代田区一ツ橋2-5-10　〒101-8050
電話　【編集部】03-3230-6095
【読者係】03-3230-6080
【販売部】03-3230-6393(書店専用)

印　刷　大日本印刷株式会社
製　本　大日本印刷株式会社

フォーマットデザイン　アリヤマデザインストア　　マークデザイン　居山浩二

ISBN978-4-08-745726-1 C0193